로즈 베이비

INSECTE
by Claire Castillon

Copyright ⓒ Librairie Arthème Fayard, 2006
Korean Translation Copyright ⓒ MUNHAKDONGNE Publishing Corp., 2007
All Rights Reserved.

This Korean edition is published by arrangement with
Librairie Arthème Fayard through Bestun Korea Agency.

이 책의 한국어판 저작권은 베스툰 에이전시를 통해
Librairie Arthème Fayard와 독점 계약한 (주)문학동네에 있습니다.
저작권법에 의해 한국 내에서 보호를 받는 저작물이므로
무단 전재 및 무단 복제를 금합니다.

표지 사진
Author photo ⓒ Patrick Swirc | Corbis Outline | 토픽포토에이전시

이 도서의 국립중앙도서관 출판시도서목록(CIP)은
e-CIP 홈페이지(http://www.nl.go.kr/cip.php)에서 이용하실 수 있습니다.
(CIP제어번호: CIP2007003172)

로즈 베이비
Insecte

클레르 카스티용 장편소설 | 김민정 옮김

문학동네

어머니께 바친다

차례

'하나만' 이라고 했잖아요

　나를 처음 만났을 때 남편은 내게 장밋빛 인생을 약속했어요. 둘 다 여행을 좋아했던 터라 만나기도 이란에서 만났지요. 양탄자를 고르고 있던 내게 남편은 하늘을 나는 양탄자 어쩌고 하면서 썰렁한 농담을 건네더군요. 그래놓고는 나중에 친구들 앞에선 탁월한 유머감각으로 나를 사로잡았다고 떠벌리는 거 있죠. 우리는 투렌의 친정집에서 결혼식을 올린 후 정원이 딸린 아담한 집에 신혼살림을 차렸어요. 영국식 전원주택 냄새가 물씬 풍기는 집이었죠. 남편과 둘이서 와인을 곁들여 저녁식사를 할 때면 나는 맘 한구석에 도사리고 있는 불안에 대해 털어놓았어요. 밤마다 복면한 사내가 발코니 쪽 창문을 통해 침실로 들어올 것 같다고. 그럴 때마다 남편은 덧창을 달아주겠다고 약속하면서 나를 침대에 눕혔어요. 하지만 아침이면 그 불안감은 씻은 듯 사라져버리더군요. 사실 난 상당히 태평스런 성격이랍니다. 남자들도 내 그런 면을 좋아했죠. 나는 어딜 가든 잘 적응했어요. 날씨나 사람들이 어떻든 간에. 내 집처럼 자연스레 행동했죠. 마치 카멜레온 같았다고나 할까. 남편은 업무상 해외로 파견을 나가는 일이 많았는데, 그때마다 따라나가서는 아무 탈 없이 잘 지냈어요. 모르는 사람들과 낯선 곳에서 새로운 생활을 해나가야 한다고 해서 절대로 기죽는 법이 없었답니다. 천성이 낙천적이라 그럴수록 더 씩씩하게 대처해나갔죠. 인생을 성공적으로 살아내는 것, 그게 내 신조니까요. 프랑스로 돌아온 후로도 남편은 여기저기 출장을 다녀야 했고, 그때마다 남편은 늘 나와 함께할 수 있었어요. 나는 직업도, 돌봐야 할 개도 없었으니까요. 그게 다 남편 뒷바라지에만 전심전력으로 매달리기 위해서였죠. 그리고 댁들은 뭐라 할지 몰라도 난 유부남 혼자서 출장을 다니는 게 바람직하지 않다고 생각하는 축이랍니다. 한 사나흘만 그렇게 내버려둬봐요, 바람나기 십상이지. 아이, 왜 인상을 쓰고 그러세요? 누가 댁의 남편분이 그렇다고 했나요?

내가 남편을 따르지 않은 부분이 하나 있긴 했어요(난 인정할 건 인정한답니다. 다른 사람에 대해서도 마찬가지예요. 이러니저러니 판단을 내리지 않고 그 사람은 그 사람이다 하고 인정을 해주죠). 아이 문제였어요. 남편이 아이를 갖자고 했을 때 나는 무슨 벼락이라도 맞은 기분이었어요. 하도 어이가 없어서 픽 웃어버렸죠. 농담이겠지 하고. 그러자 남편은 한동안 그 이야기를 입에 올리지 않더군요. 그렇다고 포기한 건 아니었어요. 좀더 꾀바르게 나오더라고요. 시집 못 가 안달 난 노처녀처럼 유모차 가게 앞에서 서성거리질 않나, 유모차 안에서 팔다리를 버르적거리고 있는 아기들만 보면 바보처럼 실실 웃어대질 않나. 생존본능인지 뭔지는 몰라도 나는 저러다 남편이 딴 데서 아이를 만들어 오지 않을까 겁이 났어요. 그래서 아이를 갖기로 했어요. 그렇다고 완전히 물러선 건 아니었어요. 아이를 갖되, 딱 하나만 갖겠노라고 선언했지요. 남편은 왜 그러는지 몰라 어리둥절한 표정이었지만, 그렇다고 해서 다 양보할 순 없었어요. 남편을 사랑하니까 그이가 원하는 대로 아이를 갖는다, 하지만 딱 하나, 그것도 딸로 갖는다는 게 내 생각이었죠. 딸아이 하나면 결국은 어떻게든 그 아이에게 애정을 느낄 수 있을 것 같았거든요. 혹여 내가 정을 주지 않아도 아이는 아빠의 사랑을 독차지할 수 있으니 정에 굶주리진 않을 테고요. 어쨌든 남편이 얼마나 좋아라 서둘렀던지 난 순식간에 임신이 되어버렸어요. 그때부터 남편은 나를 여왕마마 모시듯 하더군요. 배가 미처 불러오기 전부터 말이죠. 안 해준 게 없었어요. 목걸이도 선물하던걸요? 그런 걸 뭐라고 하나, '리비에르'라고 하던가? 아무튼 반짝반짝하는 인조 다이아가 촘촘히 박혀 있는 목걸이 말예요. 물론 남편은 죽었다 깨어나도 진짜 다이아 목걸이를 선물할 사람은 아니지만, 어쨌거나 그 목걸인 진짜 빳쳤어요! 언젠가 남편하고 외식을 하러 갔는데 글쎄 식당에 있던 여자들이 줄줄이 내 앞으로 모여드는 거 있죠? 그 목걸이 어디서 샀느냐고 하면서 말예요. 나는 그게 인조 다이아라는 건 밝히지 않았어요. 그런 건 말해서 뭐하게요?

참, 어디까지 얘기했죠? 아 맞아요. 임신했다는 데까지였지. 내 참, 기가 막혀서! 눈 깜짝할 사이에 배가 산더미처럼 부풀어 오르더군요. 마흔이 다 되도록 아이를 갖지 않고 버티다가 결국 그 꼬락서니가 되고 만 거죠. 병원에 가서 초음파 검진을 받았는데, 쌍둥이를 가졌다고 하지 뭐예요. 나는 그 자리에서 혹시 샴쌍둥이 아니냐고 물어봤어요. 어깨나 발이나 내장이 달라붙은 아이를 가졌다고 생각하니 소름이 끼치더군요. 잘생기고 예쁜 우리 부부가 그런 괴물을 키운다는 건 상상도 할 수 없는 일이었죠. 손재주라곤 없는 남편이 샴쌍둥이용 침대나 유모차를 어떻게 만들어낼지도 걱정이었고요. 사소한 문제들로 고민하던 나는 좀 뜬금없는 제안이긴 했지만, 의사에게 쌍둥이 둘 중 하나를 없애달라고 했어요. 그러자 의사는 눈이 휘둥그레져 가지고는 샴 쌍둥이하고 일반 쌍둥이는 달라도 이만저만 다른 게 아니라고 하면서 그 차이점을 장황하게 설명해주더군요. 나는 지금도 아이들에 대해 잘 모르지만 한때는 그 분야의 전문가가 될 뻔했어요. 상상이 가세요? 마흔이 다 된 여자가 어느 날 갑자기 울보 아기 둘과 맞대면하게 된 모습이? 사람 좋기로는 둘째가라면 서러워할 남편도 결국 그 녀석들을 오줌싸개들이라고 불러대더군요. 뭐 뒷담화를 하려는 건 아니고요, 일을 그렇게 만든 게 누군데 싶어서.

딸 둘이라니! 맙소사! 머리통이 좀 굵어지면 얼마나 속을 썩일지! 어쨌든 둘은 예쁘게 커줬어요. 길에서 사람들의 시선을 한 몸에 받곤 했지요. 다들 나한테 이것저것 물어보더군요. 어쩌면 그렇게 바보스런 질문만 골라서 하던지. 그때마다 나는 잘 모르겠다고 얼버무렸어요. 둘 중에 누가 먼저 태어났는지 내가 진통이 심했는지 어땠는지 알 게 뭐예요. 난 그때 자고 있었는데. 두 녀석을 구별해내는 데도 얼마나 오래 걸렸는지 몰라요. 결국 어느 손가락을 빨아대는지 보고서 알아냈지요. 천만다행으로 한 놈은 왼손을 빨고 한 놈은 오른손을 빠는데, 오른손을 빠는 녀석의 이름에 오른쪽을 뜻하는 말 'Droit' 처럼 D가 들어 있더라고요. 두 녀석이 아기였을 때의 일은 말하지 않을래요. 아시죠? 둘은 너무 많다는 거.

아이들이 자라 다섯 살이 되자 유치원이라는 델 보내야 했어요. 그런데 하필이면 입학식 날, 남편이 자기 차를 갖고 출장을 가버렸지 뭐예요! 세상에! 남편의 차라면 쌍둥이를 넉넉히 태울 수 있지만 내 차로는 어림도 없는데! 어쨌든 나는 난생처음 책가방이라는 걸 메게 됐다고 꼭두새벽부터 일어나 설쳐대는 아이들과 홀로 씨름해야 했어요. 녀석들은 서로 옷을 바꿔 입더니 머리핀 하나를 놓고 실랑이를 벌이더군요. 나는 그걸 반으로 부러뜨려 해결을 봤어요. 그러자 난리가 났어요. 울고불고, 밥 안 먹겠다고 옷 안 입겠다고 악쓰고, 집 밖으로 나가지 않겠다고 버티고. 특히 D자 붙은 놈이 애를 먹이더군요. 소파를 붙들고 늘어지지 뭐예요. 그러잖아도 허리가 아파 죽을 지경인데 놈을 들쳐업고 나와야 했지요. 엎친 데 덮친 격이라고, 내 꼬마차 미니 스마트에 두 녀석을 어떻게 집어넣는가도 문제였어요. 한 놈은 트렁크에 싣고 갈까 생각해봤지만, 이미 트렁크는 유모차로 미어터지고 있었어요. 어쩔 수 없이 나는 녀석들을 조수석에 이층으로 쌓아올렸는데, 어찌나 울고불고 악을 써대는지 라디오 소리가 들리지 않는 거예요. 아침부터 잘하는 짓이다 싶더군요. 나는 조수석 문을 열어젖히고 한 놈을 외곽순환도로 한복판에 내던졌어요. 별로 잘한 짓이 아니지 싶어요. 둘 중에 말 잘 듣는 놈을 던졌거든요.

나를 이해해주셔야 해요. 아이를 갖기 전에 남편에게 미리 일러두었다고요. 나는 그 누구도 엿 먹이려 한 적 없어요. 그래요, 아이를 갖겠다고 한 건 나예요. 하지만 '하나만'이라고 했잖아요.

곤충[*]

남편이 복도를 서성이고 있다. 내가 저녁식사를 준비하는 동안 연신 시계를 들여다보며 딸아이가 목욕탕에서 나오기만을 기다리고 있다. 벌써 이삼 주째 저 모양이다. 욕실 안 빨래건조대에 딸아이의 브래지어가 걸려 있는 걸 본 다음부터. 그애가 벌써 그런 걸 할 나이가 됐냐며 놀라는 남편에게 나는 여자로의 변신은 일찌감치 준비해두는 게 좋다고, 젖가슴이 조금만 부풀어 올라도 바로 브래지어를 차는 습관을 들여야 한다고 말해주었다. 우두커니 서서 조그만 브래지어의 어깨끈이며 컵 부분을 만지작거리던 남편은 잠시 후 욕실의 수납장 속에서 겨드랑이 탈취제를 꺼내들었다. 그러고는 자기도 아이의 변신에 한몫하고 싶다고, 자기가 그 사용법을 직접 일러주겠다고 하는 게 아닌가. 내가 그런 건 여자들끼리 해야 하는 일이라고 일러주자 그는 더 고집부리지 않고 내게 탈취제를 건네주었다. 맙소사. 그러고 나서도 남편은 묘한 기분이 가시지 않는지 저녁식사 내내 딸아이를 흘끔흘끔 훔쳐보았다. 아이의 얼굴과 얇은 스웨터(아이가 나한테서 빌려입은 것이었다) 아래로 훤히 비쳐 보이는 브래지어를. 며칠이 지나 그 일이 머리에서 가물가물해지려는 참에 나는 막 세수를 끝낸 남편이 딸아이의 수건에 얼굴을 파묻고 있는 광경을 보았다. 자기 것과 헷갈렸나보다 하면서도 나는 한마디 하지 않을 수 없었다. 아무리 한 식구끼리라도 수건을 섞어 쓰면 위생상 좋지 않다고. 그러자 남편은 깜빡했다고, 미안하다고 말했고 나는 더 따지고 들지 않았다. 남편은 딸아이의 수건을 제자리에 걸어놓더니 얼른 제 수건으로 얼굴을 마저 닦았고, 그걸로 일은 일단락되었다.

그러자 이제는 딸아이가 이상해졌다. 밤이면 밤마다 부엌에 죽치고 앉아 내가 일하는 모습을 지켜보는 거였다. 음식을 만들어 냉동실에 저장할 때면 그 옆에서 책을 읽기도 하고 바느질을 할 때면 자기한테도 옷 꿰매는 법을 가르쳐달라고 하면서. 제 아버지를 따라 지하차고로 내려가고 싶지 않은 모양이었다. 남편은 지하에 있는 차고에다 자기만의 공간을 만들어놓고 거기서 뭔가를 만들어내곤 했다. 그런데 어쩐 일인지 요즘에 와서는 내가 예고 없이 그곳에 들이닥치는 걸 꺼려하는 눈치였다. 하지만 딸아이한테는 그러지 않았다. 뭘 하고 있든—그림을 그리든 정리정돈을 하든—딸아이한테는 다 보여주었다. 나는 차고로 내려와서도 함부로 여기저기 얼쩡대지 않고 그저 문간에 섰다가(남편이 화낼까봐 겁나서가 아니었다. 부부에게도 각자의 공간이 있어야 한다는 게, 부엌이 나만의 공간이듯 차고는 그만의 공간이어야 한다는 게 내 생각이었다) 딸아이한테 이제 시간이 늦었으니 자러 가라고 말할 뿐이었다. 남편은 차고에서 부엌으로 연결되는 초인종을 설치해서 딸아이에게 뭔가를 가지러 오라고 할 땐 한 번, 나더러 내려오라고 할 땐 두 번을 울렸다. 물론 우리를 종 부리듯 하는 건 아니었다. 우리가 내려갈 수 없을 땐 군말 없이 자기가 올라왔다. 가끔 남편이 우리를 부르는 건 군것질감이나 책이나 신문이 필요해서였다. 남편은 책이나 신문에서 영감을 얻어 그림을 그리곤 했다. 그러니까 남편은 재능 있는 아마추어 화가였다.

남편이 저녁을 먹고 차고로 내려갔다가 다시 차고에서 올라올 때면 자정이 훌쩍 지나 있기 일쑤다. 남편은 슬며시 침대의 한 귀퉁이로 파고든다. 하지만 나는 알고 있다. 이제 곧 남편이 딸아이의 침실로 스며들리라는 것을. 그러니 방으로 들어오면서 문을 빠끔히 열어두었겠지. 나는 스르르 눈을 감는다. 딸아이와 함께 텔레비전에서 근친상간을 주제로 한 프로그램을 봤던 기억이 난다. 근친상간이 무슨 말이냐고 물어보는 아이에게 그 뜻을 일러주자 그애는 헤헤 하고 웃어넘겼다. 한편으로는 마음이 놓이면서도 다른 한편으로는 남편이 딸아이에게 그 짓을 하면서 그게 무슨 짓인지 말해주지 않은 건 아닐까 하는 생각이 들었다. 나는 손으로 귀를 틀어막는다. 둘이서 그 짓을 벌이는 소리는 정말로 듣고 싶지 않다. 마치 두 눈으로 보는 듯한 느낌이 들 테니까. 난 그런 격렬한 고통을 이겨낼 자신이 없다. 어머니가 돌아가신 뒤로 나는 뭐든 격렬한 건 잘 견뎌내지 못하게 됐다. 감정이 북받칠 때면 머리가 어지러워지면서 나도 모르게 잠들어버리는 일까지 있다. 수요일에 딸아이가 넘어져서 무릎을 다쳤을 때도 그랬다. 피가 줄줄 흘러내리는 아이의 무르팍을 보자 정신이 아뜩해지면서 몸이 내 맘대로 움직여지지 않았다. 그래서 남편에게 아이의 상처를 봐달라고 해야 했다. 내가 차고로 내려가려하자 딸아이는 그럴 것 없다고, 저 혼자서 내려가겠다고 했다. 무슨 협박이라도 받고 있는 것처럼. 아이가 소독약이며 가제 등등을 챙기는 동안 나는 일부러 길고 잘 드는 가위(!)를 꺼내 아이에게 건넸다. 차고에서 올라온 딸아이는 부엌일을 거들었고,

나는 그런 아이의 머리를 쓰다듬어주었다. 그애를 뭔가 더러운 것에서 씻어내기라도 하려는 듯. 이윽고 딸아이는 통조림 캔 뚜껑에 손을 베었다. 상처에서 피가 솟아나자 아이는 훌쩍훌쩍 울기 시작했다. 나는 그런 아이에게 좀 조심하지 그랬냐며 야단을 치다 기어이 함께 울고 말았다. 나는 초인종을 눌러 남편을 올라오게 했다. 나는 눈도 한번 깜빡이지 않고 남편의 태도를 지켜보았다. 남편이 딸아이의 손을 어떻게 들어 올리는지, 상처를 어떻게 소독하는지, 붕대를 어떻게 감는지. 아무리 지켜보고 있어도 별 수상쩍은 구석은 눈에 띄지 않았다. 아이의 손에서 연신 피가 흘러내리고, 그 바람에 아이의 허벅지까지 피가 튀자 좀 당황한 것 말고는. 붕대 감는 일이 끝나자 남편은 다시 차고로 내려가면서 딸아이에게 따라오라고 했다. 하지만 아이는 내 눈치를 살피면서 싫다고, 부엌에서 엄마를 돕겠다고 했다. 분위기가 썰렁해진 것 같아서 나는 딸아이에게 아무 짓도 할 생각 말고 그냥 얌전히 앉아 있으라고, 괜히 날 돕겠다고 나섰다간 몸이 남아나질 않겠다고 너스레를 떨었다. 이윽고 우리 셋은 일제히 웃음을 터뜨렸다. 예전처럼. 마음 깊숙한 곳에서부터 행복한 기운이 샘솟았다. 잠시 잠깐, 나는 몸속에 다른 아이가 들어선 건 아닐까 더럭 겁이 났다. 또다른 여자가, 아니 곤충이, 그러니까 지금부터 몇 년이 지나면 다시금 남편을 광란에 빠뜨릴 독 품은 곤충이 들어선 것인지도 모른다는 생각이 들었다. 지금 딸아이는 너무나 곱다. 나는 남편이 그 아이를 바스러뜨리지 않았으면 좋겠다. 하지만 그런 얘기를 했다간 모든 것이 다 깨지고 말리라. 지금 우리 셋이 누리고 있는 행복이. 이 행복을 뒤흔들어서는 안 된다.

딸아이는 잠자리에 들 때면 늘 나한테 뽀뽀를 하러 와서 내가 모아놓은 조그만 곤충들을 본다. 그리고 내 목에 걸려 있는 파르스름한 딱정벌레 박제도 살살 만져본다. 딸아이는 태어나면서부터 봐온 그 딱정벌레한테 여러 가지 별명을 붙여놓았다. 남편은 곤충을 수집하는 게 내게 썩 잘 어울린다고 입버릇처럼 말하곤 했다. 나 자체가 신기한 동물이자 특이한 곤충, 즉 묘한 여자라면서. 딸아이는 꼭 내가 보는 앞에서만 내 곤충 수집품들을 만진다. 그것들은 너무 오래 쳐다보는 것만으로도 바스러질 정도로 연약하기 짝이 없으니까, 조심조심 다루어야 한다. 남자들과 마찬가지라고나 할까. 딱딱한 겉껍질이며 빳빳한 더듬이며 겉보기에 더없이 강해 보인다는 점에서. 하지만 나는 한 가닥 의심을 지울 수 없다. 어둠이 내리면 그들 모두 우두머리의 명령에 따라 내 딸아이의 방 앞으로 몰려드는 게 아닌가 하는 의심을. 더 나아가 개중 민첩한 치들은 더러 그 아이를 겁탈하는 게 아닌가 하는 의심을. 아니, 이런 망상에 빠져서는 안 된다. 나 자신을 보호하기 위해서. 남편이 딸아이의 방으로 향하기 무섭게 나를 덮쳐 숨통을 조이는 이 감정을 억눌러야만 한다.

　그런데, 남편이 벌써 딸아이의 방에서 나오고 있다. 오늘밤은
빨리 끝냈나보다. 그가 내 옆으로 파고들며 "잘 자, 내 사랑"이
라고 속삭이고는 내 입술에 키스한다. 그에게서 딸아이의 냄새
가 난다. 나는 딸아이를 끌어안는 심정으로 그를 끌어안는다. 딸
아이의 침대는 지금 내 옆에 누워 있는 이 남자 때문에 엉망이
되었겠지. 나는 그의 성기를 더듬어본다. 내 딸아이의 몸을 파고
들었을 물건이 얼마나 큰지 가늠해보기 위해. 그가 흥분해서 나
를 덮친다. 딸아이한테도 이랬을까? 그애한테는 어떻게 했을
까? 나는 사춘기 소녀가 된다. 남편은 나를 가지며 내 귀에 좀
음란하다 싶은 말들을 속삭인다. 거칠지만 감미로운 말들, 사랑
스런 말들을. 내가 절정에 다다르도록 남편은 "자…… 자……
자……"라고 속삭인다. 어린아이를 달래듯.

　한밤중에 딸아이의 비명이 들려온다. 그러자 남편은 튕기듯
자리에서 일어나 아이의 방으로 뛰어든다. 나도 어떤 힘(그랬
다. 그건 정말 힘이라 할 만한 것이었다)에 이끌려 자리에서 일
어난다. 남편은 용의주도하게도 나가면서 문을 닫아놓았다. 나
는 딸아이의 방에서 들려오는 소리에 귀를 기울인다. 아빠가 딸

에게 "자…… 자……자……"라고 속삭이는 소리 말고는 아무 소리도 들려오지 않는다. 그가 아이를 달래기 위해 무슨 짓이라도 해야 할 텐데. 그래야 그에게 말할 수 있을 것 아닌가. 그런 짓 하면 안 된다고, 비록 더러운 생각, 해코지할 생각 없이 그랬다 하더라도. 내가 다시 침대에 눕자마자 남편이 돌아온다. 그애가 몹쓸 꿈을 꿨다고, 이젠 괜찮아졌다고 말하면서. 내일은 딸아이가 학교에 가는 날이니 별일 없으리라. 그리고 내일은 나도 용기를 내서 딸아이를 여기서 멀리 떨어진 곳으로 데리고 떠날 수 있으리라. 남편의 손이 닿지 않는 곳으로. 나는 남편의 품으로 파고든다. 나는 이 남자가 너무나 좋다. 그의 살갗과 그의 냄새와 그의 존재감과 그의 목소리가. 모든 게 내 잘못이다. 딸아이한테 그렇게 서둘러서 브래지어를 장만해주는 게 아니었는데. 내가 왜 그랬을까. 무슨 삐딱한 심보로 딸아이와 한 지붕 아래 사는 남자한테 딸아이의 가슴이 부풀어 오르기 시작했네 어쨌네 하고 떠들어댔을까. 돌아버린 거야 뭐야?

아침에 남편과 딸아이는 함께 길을 나선다. 학교가 회사 가는 길목에 있어서 남편은 출근할 때마다 딸아이를 학교까지 태워다준다. 아이는 브래지어를 한 다음부터 보란 듯이 조수석에 앉는다. 그러고는 차창에 얼굴을 대고 활짝 웃으며 손을 흔든다. 자기를 악당의 손아귀에 내던진 걸 용서한다는 뜻이겠지. 뻔하다. 텔레비전을 보고 알게 된 사실인데, 아버지에게 성적으로 학대 당하는 아이는 어머니를 감싸려든단다. 그렇게 해서 식구들이 계속 안정된 삶을 누릴 수 있도록 해준다나. 잘은 몰라도 대충 그런 얘기였던 것 같다. 오늘 아침에 남편은 딸아이를 향해 윙크를 했다. 안 보는 척하면서 나는 다 봤다. 남편이 아이에게 "차고로 따라와라. 차 가지고 나오게"라고 말하며 한쪽 눈을 찡긋해 보이는 것을. 차고에서 둘이 도대체 무슨 일을 벌이는지 내 눈으로 보기 위해 함께 내려가려 했지만, 딸아이가 막고 나섰다. 아이는 "어차피 나를 학교까지 태워다주는 건 아빤데 엄마가 차고에 내려와서 뭐 하게?"라고 말하며 어깨를 으쓱 치켜올렸다. 나는 더 고집부리지 않았다. 딸아이가 날 보호해주려고 그러는데, 그 마음을 뿌리치는 건 왠지 염치없는 짓인 것 같았으므로.

딸아이가 학교에 가 있는 동안 나는 그애의 속옷이며 수건을 세탁기에 넣고 돌렸다. 남편이 아이의 냄새—성적인 관점에서 페로몬이라고 하는 바로 그것—때문에 흥분하는 거라면 일단 냄새부터 지우는 게 상책이었으니까. 내 목에 매달린 조그만 딱정벌레가 내 두 젖가슴 사이에서 요동치는 가운데, 나는 등뼈가 휘도록 집 안 구석구석을 쓸고 닦았다. 집에선 아무 냄새도 나지 않아야 했다. 남편이 더는 딸아이에게 손대는 일이 없도록. 또 남편이 이 집을 떠나는 일이 없도록.

　저녁이다. 나는 딸아이와 함께 부엌에서 남편을 기다리고 있다. 딸아이가 잔칫상을 예쁘게 차려놓았다. 오늘은 내 생일이다. 별안간 초인종이 울린다. 한 번. 딸아이가 차고로 달려 내려간다. 나는 잠자코 지켜보기만 한다. 오늘은 내 생일이다. 이십 분만 지나면 오븐에 넣어둔 고기가 다 익을 것이다. 둘이 밥 먹기 전에 잠깐 애무나 하려는 걸까. 딸아이는 차고로 내려가면서 조금도 겁에 질린 기색이 아니었다. 자꾸 되풀이하다보니 그 짓이 좋아진 건지도 모른다. 어떤 나라에서는 그 짓이 별로 이상한 일이 아닐 수도 있을 거다. 문화란 각양각색이니까. 나는 계속해서 기다린다. 아무 생각도 하지 않으려 애쓰면서. 내 생식기가 어떤 모양을 하고 있는지 그것만 생각하면서. 별안간 초인종이 쉴 새 없이 울려댄다. 한 번도 두 번도 아니고 사이렌처럼 요란하게. 딸아이의 몸이 벽으로 쏠리면서 초인종을 눌러버린 모양이다. 아빠한테 짓눌리느라 정신이 없어진 나머지 엄마한테 생각이 미치지 못한 모양이다. 오븐 안에선 고기의 육즙이 뚝뚝 흘러내리고 그 육즙에 감자가 노랗게 익어가는 가운데 벽 너머에선 딸아이의 비명이 새어나온다. 초인종은 이제 미친 듯 울려댄다. 나는 차고로 내려가 문에 귀를 갖다댄다. 남편이 도저히 '애'를 들어

올릴 수 없다고 투덜대는 소리가 들려온다. '애'라니. 할 수 없지. 나는 차고의 문을 연다. 차마 눈 뜨고 보기 힘든 광경이 내 앞에 펼쳐진다면 그땐 소리 나지 않게 문을 닫으면 그만이다. 그러면 모든 건 예전으로 돌아가리라. 딸아이는 벽을 등지고 남편은 작업대를 등진 채 둘이 마주보고 서서 꼼짝달싹 못하고 있다. 각자 두 손으로 거대한 네모꼴 판의 양 끄트머리를 꽉 움켜쥐고 그 물건이 망가지지 않도록 옮기려는 중인데 일이 뜻대로 되지 않는다. 이윽고 딸아이가 나를 보고는 아빠에게 "이제 마당 쪽 좁은 계단으로 올라갈 필요가 없어졌어요. 그냥 부엌 쪽 넓은 계단으로 올라가도 돼. 봐요, 누가 와 있는지!"라고 소리친다. 그러자 남편은 그 거대한 네모꼴 판을 바닥에 내려놓았고 그 서슬에 판을 덮고 있던 천이 스르르 미끄러져 떨어지면서 가로 사 미터 세로 이 미터짜리 그림이 드러났다. 곤충을 닮은 여자의 초상, 즉 내 생일 축하선물이었다.

딸아이는 오븐에 구운 고기를 먹으면서 말한다. 이제껏 그 그림을 엄마 눈에 띄지 않게 하느라 무척 힘들었다고, 한 달 전부터 아빠가 그림을 그려나가는 과정을 쭉 지켜봤다고, 그림을 그린 건 아빠지만 엄마의 생일에 그림을 선물하자는 생각을 해낸 건 자기라고. 둘이서 나를 깜짝 놀라게 해주고 싶었단다. "정말로 아무 눈치도 못 챘죠? 우리가 무슨 일을 꾸미고 있는지?" 좀 겁이 나기도 했단다. 내가 따돌림 당하는 기분에 토라져버릴까 봐. 나에 대한 사랑만큼이나 큰 그림을 선물하고 싶었다는 딸아이의 말에 나는 눈물을 흘렸다. 딸아이는 활짝 웃었고 남편은 나를 꼭 끌어안았다. "자…… 자…… 자……"라고 속삭이는 남편에게 나는 감자 좀 더 먹겠느냐고 물어보았다. 라트종 감자*인데 꽤 귀한 거지만 결국 찾아내고 말았다고.

---

* 크기가 작고 속살이 노랗고 단단한 감자.

✤ 표제인 '곤충insecte'은 내용으로 비추어볼 때 일종의 언어유희라 할 수 있다. 알파벳의 조합을 바꾸어보면 '근친상간'을 의미하는 inceste가 된다.

파카와 어그부츠

빨랑빨랑! 세일이니까 서둘러야 한다고 말한 게 누군데 이렇게 꾸물거리는 거야? 이러다간 아무것도 못 건지겠어! 경고하는데, 찜해둔 파카가 다 팔렸기만 해봐, 나 무지하게 화낼 거야. 지난번처럼 늦게 도착해서 아무것도 못 건지기만 해보라고. 그럴 거면 뭐 하러 따라나서? 나한테 돈을 주면 내가 다 알아서 살텐데. 왜 나한테 찰거머리처럼 들러붙는 거야? 나도 이제 쇼핑쯤은 혼자 알아서 할 수 있는 나이라고. 괜히 이 옷 저 옷 뒤적이며 '세탁을 해도 모양이 틀어지지 않을까? 세탁기에 넣어도 괜찮을까?' 이런 것만 따질 거면서. 그러다보면 맘에 드는 건 다 팔리고 없어. 빨리 좀 걸어. 걷는 게 별거야? 한 발 내딛고 나서 좀더 앞쪽으로 다른 발을 내딛기만 하면 되는 거잖아. 그렇게 계속 제자리걸음만 하고 있으면 어떡해? 정말 일부러 그러는 거야 뭐야?

엄마는 괜히 암에 걸려가지고 사람을 왕짜증 나게 한다. 내가 얼마나 짜증나는지 자기는 상상도 못 하겠지만. 엄마는 방사선 치료를 몇 번 받더니만 별 효과가 없었는지 결국 약물치료를 아홉 번인가 되풀이해 받았다. 아빠가 말하길, 지나치게 건강을 챙기다가 오히려 병을 불러들였단다. 어쨌든 약물치료 끝에 엄마의 머리엔 머리털이 단 한 올도 남지 않게 되었다. 그래서 가발을 쓰고 다니는데 툭하면 머리통이 근질근질하다며 벗어젖히기 일쑤다. 보기 흉하니 제발 참아달라고 말해도 아랑곳하지 않는다. 그래서 우린 웃어나 보자는 생각에 엄마를 '달걀'이니 '율브린너'니 '호두알'이라고 불러댄다. 누렇게 뜬 얼굴에 화장이 받을 리 없는데도 엄마는 참 열심히도 분을 두드려댄다. 떡이 되도록. 언제였더라? 엄마랑 병원 앞마당을 거닐고 있는데, 어디선가 "분단장한 게이님이 지나가네" 하는 소리가 들려오지 뭐야. 나는 엄마를 웃겨볼 생각으로 게이 바에 한번 취직해보라고 했다. 하지만 엄마는 미소조차 짓지 않았다. 난 즉시 농담이었다고 사과해야 했다. 올랄라! 사람이 유머감각이 있어야지.

엄마는 느릿느릿 걷는다. 씩씩 숨을 몰아쉬면서. 가끔은 술이라도 한잔 걸친 게 아닐까 하는 생각이 든다. 눈까지 풀려 있으니. 그래서 엄마가 집에 있을 때면 나는 계속 밖으로 나돈다. 주중엔 수업이 끝나기 무섭게 카페를 전전하고 주말에 친구네 집을 떠돌면서.

빨리 좀 걸으라고 했잖아. 늦게 가면 오십 프로 세일하는 물건은 다 팔리고 없어. 이십 프로 세일하는 물건만 남아 있다고. 그런 건 사서 뭐 하게? 에이, 참 빨랑빨랑 좀 걸으라니까. 그리고 호두알인지 기름주머니인지 좀 제대로 감춰. 다 보이게 생겼잖아.

엄마가 슬며시 팔짱을 껴온다. 짜증나. 노인네를 데리고 다니는 것도 아닌데 이게 뭐야. 목줄을 달아서 끌고 다닐까? 그랬다간 질식하겠지? 엄마는 나름대로 걸음을 빨리해보려고 애쓰고 있다. 내가 코트 깃을 여며주니까 고맙다고 한다. 짜증나. 고맙다는 말 좀 집어치워. 한숨 쉬는 거, 살살거리는 것도. 엄마는 화내지 말라고 한다. 화 안 났어. 파카나 빨리 샀으면 좋겠어. 내친구처럼 검정색으로. 엄마는 만약에 세일하는 물건이 남아 있지 않으면 세일 안 하는 거라도 사주겠단다. 나한테 파카를 사주기로 단단히 마음먹었으니까. 그러기로 나랑 약속했으니까. 나는 돈을 그렇게 물 쓰듯 하는 게 아니라고 대꾸해주었다. 강아지 좋으라고 세일 같은 걸 하는 게 아니라고. 그러고 보니 강아지가

30

한 마리 있었으면 좋겠다. 고백하는데, 나는 지난번 물리시험에서 10점 만점에 3점밖에 못 받았다. 무슨 상관이야. 대학은 인문대로 갈 텐데. 그리고 체육시간에 선생님한테 쫓겨났다. 탈의실에서 담배를 피우다 걸렸거든. 엄마, 나더러 담배가 몸에 해롭다느니 하는 소릴 늘어놓을 생각은 아니겠지? 어디 한번 그래봐. 웃어나 보게.

　매장 안에 들어서자, 모두들 엄마만 쳐다본다. 역사 교과서의 삽화 속에 등장하는 사람들이랑 쏙 빼닮아서겠지. 뼈와 가죽밖에 없다고 해도 될 정도로 '무시무시하게'(이건 역사 선생님의 표현이다) 말라빠진 얼굴이라니. 그래서인지 우리는 매장에서 왕 대접을 받았다. 엄마더러 앉으라며 의자를 권해주는 점원도 있었다. 나는 괜찮다고, 엄마도 한 이삼 분은 거뜬히 서 계실 수 있다고 말해주었다. 엄마는 나더러 파카를 참 잘 골랐다고 하면서 두툼한 터틀넥스웨터와 조끼와 코트와 목도리도 함께 입어보라고 내밀더니 점원에게 털모자는 없느냐고 물어보았다. 겨울을 따뜻하게 나야 한다나. 점원은 엄마의 말을 잘 알아듣지 못했다. 말 좀 똑바로 해! 못 알아듣겠다잖아. 지금은 세일기간이라고! 알아들어? 지금 이 사람들은 엄마가 입을 어떻게 움직이는지 쳐다보고 있을 시간이 없으니까, 제발 제대로 말 좀 해봐! 엄마는 대답 대신 털모자가 달린 파카를 내밀었다. 파카에는 큼지막한 주머니도 몇 개나 붙어 있었다. 엄마는 주머니가 여러 개면 좋다고, 가방 대신 주머니에 짐을 넣고 홀가분하게 여행할 수 있다고 말했다. 난 여행 같은 거 갈 일 없다고 대꾸했지만 엄마는 계속 그 파카를 사라고 우겼다. 나한테 빌려줄 수도 있잖니. 그걸로 해라.

짜증나게 그런 생각이나 하고. 내 친구의 엄마도 암에 걸렸었는데, 그 아줌마는 이렇게 야단법석을 떨지 않았다. 그리고 이제 다 나아서 잘 지내고 있다. 암에 걸렸을 때도 아줌마는 아무렇지 않은 듯했다. 모르긴 해도 그렇게 보이려고 무지하게 애썼겠지. 노력은 성공의 어머니라잖아. 제 생각만 하면서 야단법석을 떠는 사람이랑은 정말이지 천지차이다. 엄마가 조금이라도 우리 식구를, 자기 딸을 생각했다면 지금처럼 이렇게 수렁에 빠지지는 않았을 텐데. 기가 막혀 말이 안 나온다. 엄마한테는 아무래도 사디스트 같은 면이 있는 것 같다. 암이라는 놈을 갖고 우리를 들들 볶는다. 다 함께 앓아야 하는 병이라는 듯. 엄마, 여기서 나가자. 난 더는 구경거리 되기 싫어. 집으로 돌아가고 싶다. 사실 엄마가 나한테 잘해주는 게 싫다. 그럴 때면 왠지 울고 싶다. 엄마가 암에 걸리기 전에도 그랬다. 내겐 수많은 것들이 생기는 시간이었지만 엄마에겐 걱정거리를 잊고 잠시 쉬는 순간에 불과

했으니까. 엄마는 돌아가려 하지 않는다. 나한테 가죽부츠랑 어그부츠도 사주겠단다. 겨울이 오거든 사자고 했지만 엄마는 미리 사놓는 게 낫다고 고집을 부렸다. 내가 마음에 드는 부츠를 고르는 동안 엄마는 어그부츠를 한 켤레 골라서 신어보더니 따뜻하니 참 좋다고 말했다. 그러자 점원 언니가 기겁을 했다. 한여름에 이런 말씀을 하시는 분은 처음 봐요! 바보 천치 같으니! 자기가 무슨 상관이람? 엄마는 별꼴 다보겠다는 듯 눈을 휘둥그레 뜨더니 그 부츠를 샀다. 그러고는 그걸 발에 꿴 채 매장을 나섰다.

이윽고 엄마는 나한테 가발 좀 벗어도 되겠냐고 물어왔다. 너무 더워서 머리가 터져나갈 것 같으니 가발 대신 스카프를 둘러쓰겠단다. 엄마는 가로수 뒤에 숨어서 가발을 벗고 스카프를 둘렀다.

"그런 식으로 덮어쓰면 어떡해. 꼭 미친 여자 같잖아."

"네가 좀 고쳐매줄래?"

"그렇게 해줄 테니까 그 부츠 좀 벗어. 엄마 때문에 구경거리가 되긴 싫단 말이야."

엄마는 아무 말도 듣지 못한 듯 잠자코 있다. 사실은 그게 아니다. 아빠가 말하길 암 때문에 귀머거리가 되는 사람은 없다고 했다. 특히나 엄마가 걸린 암은 귀랑 아무 상관이 없다. 즉 엄마는 귀머거리 흉내를 내고 있는 거다. 정신을 어딘가 휴가라도 보낸 게 틀림없다. 툭하면 우리한테 그 골칫덩어리 몸뚱이를 내맡기기 일쑤다. 어제 저녁만 해도 내가 발을 씻겨줘야 했다. 갑자기 꼼짝달싹 못하게 돼가지고는 나를 욕실로 불러들이지 뭐야.

엄마가 네시면 한참 출출할 시간이니 간식을 사주겠다고 했다. 나는 제과점에 가서 케이크를 함께 나눠먹자고 했다. 그렇게 하지 않으면 나도 안 먹겠다고. 엄마는 케이크라는 말만 들어도 구역질이 난단다. 나는 어쩌면 그렇게 제 몸만 아끼느냐고 대꾸해주었다. 그러자 엄마는 그만 좀 하라고, 자기가 살면 얼마나 더 살겠느냐고 말했다. 다 나를 위해 하는 말이란다. 내 말 잘 들어. 어쩔 수 없이 받아들여야 하는 사실이 있는 거야. 엄마는 곧 세상을 떠날 거야. 이제 갈 때가 다 됐어. 나는 웃었다. 씁쓸하게. 아빠가 요새 들어 툭하면 눈물을 짜대고 남동생이 고개를 툭 떨어뜨린 채 돌아다니는 것처럼. 요즘 동생의 목소리는 높아졌다 낮아졌다 난리법석이다. 천국이냐 지옥이냐, 녀석은 선택해야 한다. 하지만 주저한다. 분명 녀석도 오래 전부터 겁을 집어먹고 있었을 거야. 나처럼.

나는 비명을 지른다. 엄마가 없으면 누가 나한테 세상 돌아가

34

는 이치를 말해주지? 그것도 이런 식으로 간단하고 명료하게?
엄마의 말이라면 난 믿을 수 있다. 죽을 거라는 얘기조차도. 엄
마를 살려내겠다고 한 의사들의 말은 믿을 수 없지만 말이다. 나
는 벤치에 앉아 어그부츠를 신는다. 그러고는 스웨터를 껴입고
파카를 걸친다. 이번 겨울은 매섭게 추울 거다. 그러니 미리 엄
마의 온기로 몸을 덥혀놔야지. 엄마가 내 파카의 호주머니 속으
로 슬그머니 손을 밀어넣는다. 앞으로. 이제 집에 거의 다 왔다.
우리 집은 큰길에서 처음 왼쪽으로 꺾어지는 모퉁이에 있다. 심
장처럼.

단짝친구

딸아이는 내 단짝친구다. 우리는 언제나 말이 잘 통하고 뜻이 잘 맞는다. 아이가 열여섯 살이 된 뒤로는 섹스에 대해서도 서슴 없이 이야기를 주고받는다. 그럴 때면 나는 딸아이에게 남자를 유혹하려면 어떤 옷을 입어야 하는지, 남자를 후끈 달아오르게 하려면 어떻게 그의 몸을 어루만지고 쓰다듬어야 하는지, 한마 디로 남자의 마음에 들려면 어떻게 해야 하는지 말해준다. 함께 거리를 거닐며 지나가는 남자들을 탐색하기도 한다. 우리를 돌 아보는 남자들에게 까르르 웃어 보이거나 혀를 내밀면서. 정말 이지 우린 그렇게 맘이 잘 맞을 수가 없다. 나는 늘 딸아이에게 "넌 참 행운아야"라고 말한다. 부모자식 사이를 넘어서 권위나 복종 따위와 상관없이 서로 한 몸이나 다름없는 관계를 맺는다는 건 흔한 일이 아니니까. 나는 딸아이를 데리고 디스코텍에 가기도 한다. 아이는 거기서 나를 엄마라 부르지 않고 이름으로 불러댄다. 내가 제 친구들한테 데킬라를 '원샷' 해 보이는 가운데. 우리가 이렇게 놀아나고 있는 동안 아이의 아빠는 집에서 목이 빠져라 나를 기다린다. 가끔은 나더러 사춘기가 새로 찾아왔느냐고 비아냥거리기도 한다. 남편은 책임감이 강하고 매사에 진지한 사람이다. 장보기든 청소든 믿고 맡길 수 있다. 그가 퇴근해서 돌아올 때쯤이면 나와 딸아이 카티는 수다 삼매에 빠져 있기 일쑤다. 우리 둘은 카티의 침대에서 뒹굴거리며 카티가 사랑하는 소년 제롬과 여가수 로리에 대해 조잘댄다. 벽에 영화 포스터를 붙이거나 둘이서 패션쇼를 하거나 예쁘게 분단장을 하거나 온 집이 떠나가게 음악을 틀어놓고 춤을 추기도 한다. 그렇게 난리법석을 떨다 남편이 방 안으로 들어오면 우르르 달려가서 목을 휘감고 매달린다. 우리가 난장판을 정리하는 동안 남편은 식탁을 차린다. 냉동실에는 즉석조리식품이 그득하다. 따로 음식을 만들 것 없이 그것들을 전자레인지에 넣고 데우기만 하면 만사 오케이다. 이따금 남편더러 맥도널드 햄버거를 사다달라고 할 때도 있다. 상자 안에 장난감 선물이 들어 있을 때면 남편의 얼굴에 그걸 집어던지는 재미가 쏠쏠하다. 그럴 때 남편의 표정이라니, 정말 그만큼 우릴 즐겁게 해주는 게 또 있을까.

저녁을 먹으면서 카티와 나는 카티네 학교에서 있었던 일들을 이야기한다. 가끔 남편은 이야기를 듣다 말고 내게 좀 빠지라고 핀잔을 주기도 한다. 어쩌면 그렇게 허풍이 심하냐면서. 그러면 카티와 나는 까르르 웃음을 터뜨린다. 우리 둘은 식탁 위로 연신 이야기를 주고받으며 식탁 밑으로 계속 발장난에 몰두한다. 제롬을 흉내내는 거다. 요 전날 밤에 디스코텍에서 제롬은 카티의 무릎을 더듬으려다 내 다리를 만지고 말았다! 남편은 우리의 유치한 장난질을 눈치채면 어김없이 우리를 망나니들이라욕하며 설거지나 도우라고 툴툴댄다. 우리는 얌전히 그 말을 따른다. 특히 카티는 아빠의 비위를 거스르고 싶지 않은 기색이 역력하다. 하지만 우린 텔레비전 프로그램 선택권만은 철저히 사수한다. 남편이 보고 있던 뉴스 채널을 아무렇지도 않게 돌려버린 다음 부부 출연자들이 서로의 속마음 알아맞히기 놀이를 하는 오락 프로그램에 눈을 박는다. 얼마 전부터는 카티가 잠자려고 제 방으로 돌아가는 것마저 아쉬울 정도다. 밤새 여자들끼리 조잘조잘 수다를 떨며 노닥거리면 얼마나 재밌을까. 그렇다고해서 내가 아내로서의 본분까지 잊어버린 건 아니다(남편은 가끔 그렇다고 주장하지만). 내가 밤마다 나이트클럽을 순례하는건 사실이지만 아내로서의 역할도 소홀히 하지는 않는다. 인생을 즐길 줄 안다는 게 남편에게 애교 없고 무뚝뚝하다는 걸 뜻하지는 않으니까. 그리고 내가 좋은 아내여야 딸아이가 나를 본봐서 제 남자의 마음을 확실히 붙들어 맬 것 아닌가.

아! 물론 남편은 저녁 때 우리끼리 자기를 따돌리고 노닥거린 데 대한 앙심을 잊지 않고 꼭 되갚아준다. 오늘밤만 해도 그렇다. 내가 카티의 연적 베로를 물리칠 묘안을 궁리하며 품속으로 파고들자 남편은 옷을 여중생처럼 입고 있으니까 영 마음이 동하지 않는다고, 예전처럼 어른답게 입으라고 면박을 주었다. 나는 발칵 화를 냈다. 내가 재미나게 사는 꼴이 그렇게 심통 나느냐고 따지며 남편을 덮쳤지만, 남편은 본숭만숭 고개를 돌려버렸다. 내 잠옷에 그려져 있는 미키마우스가 영 눈에 거슬린다고, 그놈하고 붙어먹을 생각은 추호도 없다고 툴툴대며. 정말로 그렇게 말했다. '붙어먹는다'라는 표현을 써가며. 내가 그놈을 잡아뜯어버리라고 말하자 남편은 진저리난다는 표정으로 나를 쳐다보았다. 머쓱해진 나는 일어나서 침대 모서리에 걸터앉았다.

"당신 정말 '구려'."

"뭐라고?"

"'구리다'고. 사람이 좀 '새끈한' 구석이 있어야지."

"당신 정말 머리가 어떻게 된 거 아냐? 말본새가 그게 뭐야?

명색이 엄마라는 사람이 딸내미의 못된 말버르장머리를 고쳐줄 생각은 못할망정! 카티의 국어 성적이 꽤나 흡족했던 모양이지? 그리고 당신, 엄마가 돼가지고 툭하면 카티한테 민망한 소리나 늘어놓고! 그애가 크면 어느 구멍에 뭐가 들어가는지 어련히 알 게 될까봐! 넘어져서 머리라도 다친 거야 뭐야?"

"똥꼬에 엿이나 박히라지."

까르르 웃음을 터뜨리며 침대에서 폴짝 뛰어내린 나는 카티의 방으로 포르르 달려갔다. 카티는 이미 잠들어 있었지만, 나는 조심스레 불을 켠 다음 같이 자도 되느냐고 물었다. 아이는 잠이 덜 깬 얼굴로 제 옆자리를 내주었다. 우리는 그렇게 둘이서 밤을 보냈다. 카티의 잠옷 앞자락에는 '테니스에 미친 미키'가, 내 잠옷 앞자락에는 '재즈에 미친 미키'가 그려진 채로.

이튿날 아침은 정말이지 분위기가 싸늘했다. 남편은 출근할 준비를 마치고 말쑥한 양복차림으로 카티의 볼에 뽀뽀를 해주었다. 하지만 내겐 국물도 없었다. 나는 와락 웃음을 터뜨렸다. 그러자 남편이 하얗게 눈을 흘기는데 얼마나 무섭던지 나는 겁먹지 않으려고 눈살을 잔뜩 찌푸려야 했다. 이윽고 그는 쾅 소리가 나게 문을 닫고 회사로 갔다. 카티와 나는 그 메아리가 가시기 무섭게 깔깔대기 시작했다. 웃음이 멎은 다음 카티는 아빠랑 다

투지 말라고 나를 타일렀다. 내일은 토요일, 우린 쇼핑을 할 거다. 그러고 나서 어쩌면 볼링을 한 게임 칠지도 모르겠다. 그건 비가 올 때의 얘기고, 날씨가 쨍쨍하면 공원에서 뒹굴 생각이다. 인라인스케이트를 탈 수도 있고. 얼마나 재밌는지 모른다. 그럴 때면 남편—나는 요즘 그를 '자키'라 부른다. 원래 이름은 장자크인데 그건 너무 곰팡내 나니까—은 장본 것을 카트에 담아 밀면서 공원 울타리 옆을 지나고 있다. 나는 카트를 덮쳐 과자를 꺼내서 아무한테나 나눠준다. 가끔 남편더러 '엄마손' 어쩌고 하는 구닥다리 과자를 샀다고 타박을 놓기도 한다. 요즘 '인기짱'인 과자는 따로 있다고. 그럴 때면 카티가 나서서 아빠한테 잔소리가 너무 많은 거 아니냐고 나를 나무란다.

나는 남편 몰래 딸아이에게 휴대전화기를 사주었다. 아이의 아빠는 안 된다고, 하루 온종일 친구들과 떠들어댄 얘기를 되씹고 또 되씹느라 요금을 낭비할 게 빤하다고 했지만. 나는 학교에 가 있는 아이에게 문자메시지라도 보내고 싶은 마음을 이기지 못하고 결국 아주 작은 걸로 전화기를 장만해주었다. 물론 아이는 아빠가 집에 들어오는 즉시 전화를 끊어야 하지만. 아이가 한창 통화중일 때 남편이 집에 들이닥치기라도 하면 나는 부러 마른기침을 하거나 "어머나, 여보! 별일이네? 당신이 이렇게 일찍

집에 들어올 때도 다 있고?"라고 목청껏 소리쳐서 아이에게 알려준다.

회사 동료들이 자식들을 두고 '내 인생을 좀먹는 존재'니 '사회악'이니 하고 말할 때마다 나는 놀라서 정신을 차릴 수가 없다. 내가 그네들의 이야기에 끼어들어 방학이나 주말에 카티와 내가 둘이서 찍은 사진들을 보여주면 개중 몇몇은 좋겠다고 부러워하지만, 몇몇은 남편처럼 케케묵은 소리를 늘어놓는다. 부모와 자식 간에는 넘어선 안 될 선이 있는 거라고. 나는 한 번도 내 딸아이를 경계선을 사이에 둔 채 나와 맞서고 있는 원수로 생각해본 적이 없는데.

하지만 남편은 나를 원수로 여기는 듯 저녁에도 여전히 부루퉁한 얼굴로 돌아왔다. 나는 딸아이의 방에 틀어박혀 아이와 머리를 맞대고 궁리한 끝에 베로를 제롬한테서 떼어놓을 묘책을 찾아냈다(베로는 카티와 제롬의 애정전선에 가로놓인 유일한 걸림돌이었다). 우리는 나이트클럽에서 만난 남자와 키스하고 있는 베로를 카메라에 담는 데 성공했다. 제롬만을 사랑한다고, 제롬 말고 어떤 남자하고도 키스하지 않겠노라고 맹세한 베로니까 그 사진만 들이대면 만사 오케이! 남편에게 그 얘기를 했더니, 당신이 아이들 일에 웬 참견이냐며 퉁을 놓았다. 우리는 즉

각 냉전에 돌입했다. 궁둥이와 궁둥이가 맞닿을 정도로 홱 돌아 누워 잠을 잤으며 잠에서 깨어 일어날 때도 서로 손가락 끝이라 도 닿을세라 조심하고 또 조심했다. 남편은 아침에 일어나자마 자 욕실로 직행했고 욕실에서 나오면 자기와 카티가 먹을 빵만 잘라놓고 자기 몫의 빵에 자기 몫의 버터를 발라 아침식사를 했 다. 뿐만이 아니었다. 커피도 자기가 마실 커피만 내렸고 빨래도 자기가 내놓은 빨래만 했으며 장을 볼 때도 자기가 먹을 것만 골 라 장을 보았다. 심지어는 식사 때도 자기 잔에만 포도주를 따랐 다. 그걸로 모자라 제 물건과 내 물건을 철저히 분리해놓기까지 했다. 하지만 아무려면 어때. 내겐 카티가, 내 단짝친구 카티가 있는데. 이따금 카티는 불편한 기색을 보이며 내게 말했다. 우리 끼리만 노닥거리면서 아빠를 따돌리니까 아빠가 화난 것 아니겠 냐고, 아빠에게 좀더 사근사근하게 굴라고, 아내로서, 여자로서 의 역할을 잊지 말라고. 아니 여자라는 사실 자체를 잊지 말라 고. 나는 딸아이를 예전과 같은 상태로 돌려놓으려 했지만 아이 는 자신의 새로운 논리에 스스로 도취된 채 내 말은 들은 체 만 체였다. 오히려 내게 마지막 일격을 가했다. 어머니라는 존재는 사춘기 소녀처럼 제멋대로 굴어서는 안 된다고. 나는 잠시 저러 다 말겠지 생각하고는 입에 착착 감기는 최신 유행곡을 흥얼거 리며 남편 곁으로 돌아갔다. 남편은 『농업국 프랑스』라는 책을 읽고 있었다. 다행히도 내일 저녁엔 제롬이 집에 오기로 되어 있다. 한바탕 신나게 놀아줘야지.

나는 요즘 애들의 입맛에 맞춰 '캐주얼한' 저녁식사를 준비했다. 당연히 남편은 클럽샌드위치며 감자칩 나부랭이를 보자 입이 한 사발 튀어나왔다. 그래도 카티는 좋아라 하겠지 생각하며 돌아보았더니 웬걸, 카티 역시 차디찬 눈길로 나를 노려보고 있었다. 그 눈빛은 이렇게 말하고 있었다. 좀 제대로 된 식사를 준비하지 그랬어. 제롬네 아버지는 유명 식당 체인점을 운영하고 있단 말이야. 안 먹어본 게 없는 제롬한테 기껏 샌드위치 나부랭이가 뭐야. 젠장, 샐러드만 이에 잔뜩 끼게 생겼네. 감사 또 감사. 나는 카티에게서 들은 대로 여자 수학 선생의 혀짤배기소리를 흉내내며 분위기를 풀어보려 했다. 하지만 제롬이 어떻게 어머니께서 그런 걸 다 알고 계시느냐며 놀라자, 카티는 심드렁하기 짝이 없는 목소리로 내뱉듯 말했다. 내버려두라고, 잘 알지도 못하면서 괜히 그런다고. 그러는 사이, 남편은 클럽샌드위치만 우적우적 열심히 씹어 삼키고 있었다. 어색하기 짝이 없는 미소를 띤 채. 식사가 끝난 후 나는 잠시 남편과 함께 시간을 보냈다. 아니, 그저 부엌에 같이 남아 있었다. 남편은 설거지하느라 바빠서 나를 상대할 짬이 없었으니까. 왜 남편 혼자 그렇게 바빴느냐, 그건 남편 말고는 아무도 그 일을 할 사람이 없었기 때문이었다. 카티는 식사가 끝나기 무섭게 제롬이랑 제 방으로 올라가더니 그후로는 코빼기도 보이지 않았다. 나는 올라가서 아이들과 함께 시간을 보낼 참이었다. '디스트로이-이니그마'의 히트곡 모음집을 틀어놓고 춤을 춰야지. 음반을 차에 놔뒀군. 빨리 가져와야지. 이윽고 나는 음반을 품에 안고 카티의 방문을 두드린 다음 대답도 듣지 않고 안으로 들어선다. 카티가 제롬을 올라타고 있다. 나는 살그머니 방에서 빠져나와 부엌 서랍장에서 카메라를 꺼내 들고 다시 방 안으로 들어간다. 둘은 섹스에 몰두한 나머지 내 발걸음 소리도 듣지 못한다. 자, 찰칵! 사랑스런 연인들! 나는 둘의 모습을 카메라에 담는다. 뭐 하는 짓이야! 딸아이가 고함을 지른다. 엄마! 미쳤어? 그러고는 카메라를 뺏어들더니 방바닥에 내동댕이쳐버린다. 이윽고 딸아이는 나를 손가락으로 가리키며 으르렁댄다. 나 좀 놔줘, 응? 찰거머리! 왜 여기까지 기어들어와서 난리법석이야? 정말 추해! 그런 건 정신병자들이나 하는 짓이라고! 돌아버린 거 아냐, 응? 바락바락 악을 쓰면서 카티는 나를 방 밖으로 몰아낸다. 두 손을 내 젖가슴 위에 얹은 채 한 발 한 발 나를 밀어낸 다음 내 코앞에서 쾅 하고 문을 닫아버린다. 무슨 일인가 하며 위층으로 올라온 남편은 넋 나간 표정으로 히트곡 모음집을 안은 채 복도에 주저앉아 있는 나를 발견하고는 그대로 지나쳐 침실로 돌아가며 한마디 툭 던진다.
자러 오지 그래?

　　나는 알고 있다. 내일이면 우리는 다시 예전으로 돌아가리라
는 걸. 틀림없다. 왜, 다들 그러지 않는가. 사춘기 여자애들은 친
구끼리 툭탁거리기 마련이라고.

그들은 레스토랑에서 샴페인을 마셨다

나는 심장박동에 이상이 있다. 심장이 툭하면 겁에 질려서 거세게 두방망이질쳐대는 것이다. 엄마 말로는 일시적인 증상이란다. 나이가 들면 감정도 무뎌지게 마련이라면서. 그때까지는 심장이 뭣 때문에 겁에 질리는지 알아내서 그걸 미리미리 피하는 도리밖에 없다고 했다. 남편이 "사실은 말이야"라고 말할 때마다 내 심장은 터질 듯 쿵쾅거리기 시작한다. "말하려고 생각은 했었는데" 혹은 "이런, 당신한테 얘기하려고 했는데 잊어버렸군"이라고 할 때도 마찬가지다. 그럴 때마다 나는 귀를 틀어막고 싶다. 남편의 거짓부렁을 듣고 있느니 차라리 내 눈으로 현장을 목격하는 게 나을 것 같다. 제발 흰소리만은 하지 말아줬으면. 그걸 모른 체해야 하는 나도 결국 흰소리를 하는 셈이 되고,

그때마다 내 심장은 내게 배신당한 걸 알아차리고 분통을 터뜨리니까. 그런 점에서 내 심장은 나보다 훨씬 솔직하다. 녀석은 남편의 입에서 본격적으로 거짓말이 쏟아져나오기 전에 이미 화가 나서 길길이 날뛰고 있다. 하지만 내 심장 뛰는 소리를 듣지 못하는 남편은 기어이 말도 안 되는 헛소리를 늘어놓고 만다. 엄마는 내게 입버릇처럼 말한다. 그 사람 좀 가만히 내버려둬라. 무슨 나쁜 짓을 하고 다니는 것도 아니고 일하느라 좀 바쁘겠냐. 괜히 긁어 부스럼 만들 생각 말아. 일에 파묻혀 사는 사람인 줄 다 알면서 결혼한 거잖니. 네가 자꾸 그런다고 그 사람이 달라지진 않아. 상대방을 있는 그대로 받아들일 줄도 알아야 한다. 그 사람도 너나 네 행동거지에 대해서 이러니저러니 나무라고 싶은 게 있을지 모르잖니. 약속을 잘 안 지키는 버릇 같은 것에 대해서 말이야. 그건 그렇고 그 사람이 거짓말했다는 증거가 어디 있니? 너도 직장에 다녀보면 알 거다. 회사에선 종종 회식 같은 게 있는 거야.

나는 심장박동 이상증후군 뿐만 아니라 과대망상증에도 시달리고 있나보다. 엄마가 말을 이었다. 그 사람 좀 가만 내버려둬라. 자꾸 그러면 화낼지도 몰라. 그럴 만하지.

나는 그를 가만히 내버려둔다. 내 심장만 남몰래 콩닥거릴 뿐이다. 남편이 좀 늦게 들어올 거라고 말하거나 밖에서 전화를 걸어 가지고는 "이런, 내가 미리 말한다고 해놓고는 깜빡했네"라고 말할 때면. 나는 엄마한테 전화를 건다. 엄마랑 함께라면 심장이 미친 듯 두방망이질 쳐도 괜찮을 것 같다. 그렇다고 말하지 않아도 될 것 같다. 이런저런 얘기를 주고받는 동안 내 심장은 다시 잠잠해질 테니까. 하지만 엄마의 목소리는 늘 자동응답기에 녹음된 메시지로만 들려올 뿐이다.

그래서 나는 시간도 죽일 겸 남편의 편지와 사진을 뒤진다. 언제쯤 주고받은 건지, 무슨 의미가 들어 있는지, 어떤 내용인지. 내가 미처 뒤져보지 못했던 상자가 눈에 띈다. 옷장 속에 그런 걸 넣어놨을 줄이야. 책상머리며 구두상자 속만 해도 뒤져볼 게 하도 많아서 거기까진 미처 생각도 못했는데. 이윽고 나는 새로운 사실을 알아낸다. 남편이 대학시절 셸린 드몽쟁 데 가숑이라는 여학생과 친했다는 것을. 내가 둘이 어떤 사이였냐고 물어보자 남편은 아무 사이도 아니라며 발뺌을 한다. 옷 고르는 취향도 사고방식도 마음에 들지 않았던 애라고, 나 몰래 그애를 만난 적은 단 한 번도 없다고. 대학 때 알았던 친구니까 지금쯤은 결혼했을 거라고, 누구랑 결혼했는지 알고 싶으면 알아봐주겠다고. 친하지도 않은 남자친구한테 누가 그런 편지를 쓴담? 내 사랑, 내 몸은 아직도 (이게 뭐야?) 네 살갗의 온기로 따뜻하고, 내 손가락 끝에서 (차마 더 읽을 수가 없군) 죽어버린 네 섹스, 서로

맞물려 있는 우리의 입술.

나는 엄마네 자동응답기에 대고 말한다. 남편이 셀린 드몽쟁데 가숑이랑 바람을 피웠다고. 엄마도 알죠? 왜, 가죽점퍼 잘 입고 다니던 애, 맞아요, 엄마도 알 거야, 쌍꺼풀 수술했던 애 있잖아. 그건 그렇고 어쨌든 들어오면 전화 좀 해줘요. 엄마랑 얘기 좀 해야겠어. 오래 끌진 않을게. 내가 이러는 거 싫죠? 나도 일부러 뒤진 건 아냐. 그리고 언젠가는 알게 될 일이었어. 그런데, 엄마, 걘 왜 죽어버린 섹스 어쩌고 하는 말을 편지에 썼을까?

엄마한테 전화가 오기를 기다리는 동안 내 심장은 다시 거세게 두방망이질치기 시작한다. 내 앞에는 남편과 나의 결혼사진첩이 펼쳐져 있다. 오늘은 결혼 오주년 기념일인데 남편은 알고 있을까? 작년, 그러니까 사주년 기념일을 남편은 까맣게 잊어버리고 있었더랬다. 그때 엄마는 이렇게 말했다. 그런 거 가지고 따지고 들 생각 말라고, 할 일 없는 인간들이나 기념일 같은 데 목매는 거라고. 하지만 오늘 저녁엔 어쩌면 기쁜 소식을 전하게 될지도 모르는데(어떻게 전할지는 아직 생각해보지 않았지만). 엄마 말대로라면 아직 기뻐하기엔 이를지도 모른다. 임신 여부는 삼 개월이 지나야 확신할 수 있는 거라니까. 만약 임신이라면 이제껏 내 심장에서 일어났던 일은 머잖아 내 배로 장소를 옮

기게 될 거다. 내 심장 대신 아이의 심장이 콩닥거려줄 테니. 나는 이제 심장을 두방망이질치게 만드느라 힘을 쥐어짤 필요가 없을 거다. 또 하나의 심장이 실제로 내 안에서 거세게 뛰어줄 테니.

나는 엄마한테 전화를 걸어 임신 진단 시약을 사려는데 약국에 같이 가줄 수 없느냐는 메시지를 남겼다. 이번엔 괜히 야단법석 떠는 거 아녜요. 정말인 것 같아. 그렇게 피곤할 수가 없어요. 임신 초기엔 다들 그렇게 노곤해한다면서요? 듣고 계세요? 돌아오는 대로 전화 줘요. 약국엔 좀 있다 엄마랑 같이 갈래. 아무래도 같이 가는 게 좋을 것 같아요.

심장이 계속 벌렁거리고 있다. 생각하지 않으려 하는데도 자꾸만 생각난다. 그 하늘색 종이쪽지가, 샴페인을 곁들인 식사 2인분이라고 적혀 있던 영수증이. 점심식사. 수요일. '슈발블랑'이라는 레스토랑. 그날 남편은 양제 영업소 소장을 만나러 간다고 하더니 밤 열시가 넘어서 돌아왔다. 나는 왜 늦었냐고 따지지 않았다. 그저 마음을 좀 가라앉혀보려고 엄마한테 전화를 걸었을 뿐. 하필이면 그때 엄마는 전화를 받지 않았다. 친구를 만나는 중이었단다. 남편이 벗어놓은 바지를 세탁기에 넣으려는 순간, 나는 알아차렸다. 지퍼 부분에 끔찍한 얼룩이 져 있는 것을.

묽은 풀 같은 그것은 여자의 몸에서 나온 게 틀림없었다. 남편이 여자를 무릎에 올려놓고 그 짓을 한 게 분명했다. 바지 주머니에는 문제의 영수증이 들어 있었다. 나는 다시 한번 엄마에게 전화를 걸었다. 제발 내 얘기 좀 들어줘요. 그런 생각 안 하려고 했는데, 안 되겠어. 아무래도 사무실로 가봐야겠어요. 그이한테 딴 여자가 있는 게 틀림없어. 둘이 점심 때 샴페인까지 마셨더라고요. 미안해, 엄마. 하지만 이러다간 정말 무슨 일 나겠어. 빨리 좀 와줘요. 심장이 멎어버릴 것 같아.

나는 영수증을 다시 살펴본 다음 문제의 레스토랑에 전화를 건다. 주인은 남편처럼 생긴 손님이 왔었는지 기억이 잘 나지 않는다고, 일행이 여자인지 남자인지는 더군다나 기억할 수 없다고, 어제오늘 일도 아닌데 그런 걸 어떻게 기억하느냐고 말했다.

"점심 때 샴페인을 마시는 손님이 흔한가요?"

나는 주인에게 물어보았다.

"간혹 있죠. 기념일을 맞은 연인들이라든가."

"남편의 사진을 보여드리면 그이가 누구랑 왔었는지 기억해내실 수 있겠어요?"

"보여주세요. 생각이 나면 말씀드릴 테니."

"오해하지 마세요. 아이를 가진 것 같아서 이렇게까지 하는

52

거예요. 아시겠어요?"

"일단 오셔서 사진을 보여주세요."

"내가 임신했다고 해서 사실을 숨기시면 안 돼요."

"그러나저러나 저는 사모님이 누군지도 모르는데요."

"당연하죠. 그이가 나랑 샴페인을 마신 건 아니니까."

"그럼 와서 한잔 드세요! 기분도 푸실 겸!"

이윽고 나는 엄마에게 다시 전화를 건다. 뱃속에서 두려움이
꿈틀대고 있었으므로. 어쩌면 녀석은 두 팔과 두 다리를 갖춘 생
명체의 모습을 하고 있는지도, 그래서 나를 이렇게 꽉 움켜쥐고
놓아주지 않는지도 모른다. 엄마, 제발 전화 좀 해줘요. 괜히 셀
린 드몽쟁 데 가송을 들먹여서 성가시게 한 거 미안해. 잊어버려
요. 문제는 개가 아냐. 그이가 레스토랑에서 샴페인을 마셨어요.
앙제에 간다고 한 날 파리에 있는 레스토랑에서 샴페인을 마셨
다니까. 앙제에 있는 레스토랑이 주소는 파리로 내놓은 걸까? 체
인점이면 가능하긴 하겠지? 그 주소는 본사 주소일까? 레스토랑
에도 본사라는 게 있나? 머리가 어지러워요. 엄마가 준 알약을
먹었어. 임신 중에 먹어도 되는 약인지 모르겠네. 약국까지 걸어
갈 테니까 약국에서 기다리세요. 테스트부터 해보고 임신이라고
나오면 위세척을 하면 되겠죠. 약사한테 말할 거예요. 심장이 너

무 빨리 뛰는 바람에 엄마가 준 진정제를 한 알 먹었다고. 죄 지은 건 아니잖아, 그렇죠? 너무너무 졸려요. 그걸 뭐라고 하지?

그래도 심장은 여전히 심하게 두방망이질쳐댄다. 이렇게 정신없이 졸린데도. 길을 건너는 것조차 고역이다. 나는 신호등 옆에 우두커니 서 있기만 한다. 파란불. 빨간불. 파란불. 나는 자연스럽게 보이려 애쓴다. 횡단보도를 한 번에 다 건너지 못한다고 해서 이상할 거 없잖아. 내 앞으로, 내 뒤로, 차들이 씽씽 지나간다. 방향을 엇갈리며. 내 혈관을 따라 흐르는 피도 그럴 테지. 피가 혈관을 타고 흐르는 게 느껴진다. 기차라도 탄 거야 뭐야? 나는 다른 사람을 따라 길을 마저 건너기로 한다. 눈을 감은 채 그에게 바짝 다가서서 그의 움직임을 쫓는다. 이제 약국까지는 백 미터도 남지 않았다. 배란일을 따지는 건 늘 내 몫이었다. 남편은 그런 얘기를 입에 담기 쑥스러워했다. 아니, 나랑 그걸 하기도 꺼렸다. 다른 여자들하고는 샴페인도 잘만 마시면서. 내가 너무나 연약해 보여서 내 몸에 손대기가 겁난단다. 어쩌다 남편과 몸을 합친 날이면 나는 몰래 욕실에서 물구나무서기를 했다. 아이가 뱃속에 잘 달라붙게 하기 위해.

나는 휴대전화를 꺼낸다. 엄마가 사준 거다. 길을 가다가 심장에 조금이라도 무리가 오면 바로 전화하라고. 엄마는 늘 '조금이라도'라는 말을 덧붙인다. 겪어보지 않았으니 알 수가 없지.

엄마, 나, 나왔어요. 길에서 전화하는 거야. 샴페인이니 영수증이니 하는 건 더 생각 안 할래요. 그래도 힘들어. 사람들은 왜 자꾸 나를 쳐다보는지, 졸리기는 또 왜 이리 졸리는지. 약국까지 무사히 갈 수 있을지 모르겠어요. 무슨 일이 날지도 모르니 지금 어디 있는지 알려줄게요. 13번지 건물 앞을 지나는 중이야. 맙소사, 13이라니. 무슨 불길한 징조 아닐까?

몸이 납덩이처럼 무거워요. 13번지 앞을 지나기가 왜 이리 힘든지. 억지로 용을 쓰고 있어요. 한 발짝, 또 한 발짝. 그이한테 전화를 걸어볼까? 그이한테는 왜 이런 이야기를 못 하는지 몰라요. 하려 해도 입이 떨어지지 않아. 참 이상하죠. 나는 그이의 아내인데. 아내가 남편한테 전화하는 게 뭐 그리 별스런 일이에요, 그죠, 엄마? 내 심장이 별스러워 그런가? 그이는 내 심장에 절대 손을 대려 하지 않아. 그러려면 내 젖가슴을 만져야 하니까. 그런데 말예요, 남편이라면 당연히 아내의 젖가슴을 만지기 좋아해야 하는 거 아녜요? 엄마, 듣고 계세요? 그이한테 전화해요 말아요?

나는 약국 앞에서 남편에게 전화를 건다. 나는 자동응답기에서 흘러나오는 그이의 목소리가 좋다. 남들 앞에서 이야기할 때의 바로 그 목소리니까. 그럴 때 남편의 목소리는 참 따뜻하고 정겹다. 상대방에 대한 배려 때문이겠지. 하지만 나한테 얘기할 땐 툭툭 끊어서 무뚝뚝하게 말한다. 나랑은 얘기 나누는 것도 쑥스러운가보다. 나는 자동응답기에 대고 말한다. 당신, 목소리가 참 듣기 좋다고, 앞으로는 나한테도 그런 목소리로 말해달라고, 이제 곧 우리는 한 아이의 부모가 될 테니 더더군다나 그래야 한다고. 말끝에 나는 수화기를 내려놓는다. 심장이 펄떡거린다. 임신인지 아닌지 확인해보지도 않았으면서 벌써 말해버리면 어떡해? 나는 약국에서 임신 진단 시약을 하나 산 다음 냅다 남편의 회사 쪽으로 내달리기 시작한다. 건물 안으로 들어선 나는 칠층까지 쉬지 않고 계단을 뛰어오른다. 나는 남편의 사무실이 칠층에 있다는 걸 안다. 그가 늘 입버릇처럼 말하길, 건강을 지키기 위해 칠층까지 걸어 올라간다고 했으므로. 출입문을 열자 안내 데스크에 앉아 있던 여자가 나를 가로막고 나선다. 나는 여자를 밀친다. 여자가 넘어진 사이 나는 재빨리 복도로 꺾어든다. 사방 벽이 나를 향해 덤벼든다. 엄마가 준 감기약 시럽을 먹고 알레르기를 일으켰던 날처럼. 문에 내 성이 적혀 있다. 남편의 이름과 함께. 나는 노크도 하지 않고 들어간다. 내 집이나 마찬가지니까.

내 눈에 들어온 건 엄마다. 남편의 책상 위에 다리를 쩍 벌리고 앉은 엄마. 그리고 엄마의 가랑이 사이에 손가락을 집어넣은 채 엄마의 목덜미를 핥고 있는 남편. 이제 내 심장은 두방망이질 치지 않는다. 아예 멈춰버린 듯. 두 사람이 동시에 나를 쳐다본다. 남편은 엄마의 가랑이 속에 손가락을 집어넣은 채. 엄마는 발개진 얼굴로 쌕쌕 숨을 몰아쉬면서 넋 나간 듯 남편의 거시기를 흔들어댄다.

나는 사무실에서 나온다. 복도. 그리고 계단. 길을 건너야지. 집으로 돌아가야지. 짐을 싸서 떠나야지. 변호사를 찾아가봐야지. 이혼해야지. 먼 데 가서 새로운 삶을 시작해야지. 섬이 좋지 않을까. 요트 클럽을 차리든지 학교를 열든지. 안 되면 보건소에 취직하든지. 주사는 질색인데. 브장송으로 갈까. 아니 눈이 펑펑 내리는 곳으로. 기차를 타고 가야지. 그리고 차를 빌려야지. 운전은 할 줄 아는데 면허가 없어. 택시를 타야지. 아니, 히치하이킹을 해야지. 히치하이킹, 좋지. 그러기 전에 일단 확인부터 해야 해. 몇 명이서 히치하이킹을 해야 하는지.

길 한복판에서, 신호등에 기댄 채 쭈그리고 앉은 나는 시약을 꺼내 설명대로 오줌을 묻힌다. 자동차들이 사방에서 경적을 울려대는 가운데 나는 오줌을 눈다. 나는 쭈그리고 앉은 그대로 결과를 기다린다. 임신이면 선이 나타난다고 했다. 임신일까 아닐까. 임신이다. 됐다. 이제 나는 집으로 돌아가 알약을 삼킨 다음 엄마에게 전화를 걸 것이다. 엄마가 그이에게 적당한 말을 골라 임신 소식을 알려주겠지. 너무나 졸린다. 엄마 말이 맞다. 나더러 약속을 잘 안 지킨다더니, 봐, 그 레스토랑에 가서 샴페인 한 잔 하기로 한 걸 잊어버렸네.

편지가 오는 시간

내 안에 눈이 쏟아져내리고 있다. 엄마가 거기다 화상을 밀어넣는다. 나는 비명을 준비한다. 나중에, 한없이, 되풀이될 비명을. 숨이 붙어 있는 한 계속 되풀이될, 숨 두세 번 내쉴 때 한 번꼴로 되풀이될 비명을. 앞으로도 나는 거듭거듭 차가이 내버려지리라. 예감이 온다. 매질도 당하기 전에 상처부터 새겨진 듯. 장미무늬를 그릴 때도 물감을 칠하기 전에 연필로 본부터 뜨지 않는가.

이야기는 이렇게 시작된다. 나는 신발창 밑에 스키를 나사로 조여 단 채 떠났다. 엄마는 다른 엄마들에게서 뚝 떨어져 선 채 내가 떠나가는 것을 지켜보고 있었다. 남들처럼 '바이바이' 하며 손을 흔들지도 않았다. 그저 눈물을 보이지 않으려 고개를 살짝

돌리는가 싶더니 이윽고 나를 바라보며 가만히 미소 지었다. 굳이 내 마음에 상처를 낼 필요가 없다는 듯. 어차피 백 미터도 가기 전에 내 마음에는 그 미소로 인해 깊이깊이 상처가 아로새겨질 거라는 걸 엄마는 이미 다 알고 있었다. 그러니 손을 번쩍 치켜들고 흔들어 보일 필요도 없었겠지. 이제 됐다. 버스가 앞으로 나아가기 시작했다. 엄마는 조그만 점이 되더니 이윽고 시야에서 사라졌다. 나는 내 심장에 손을 얹었다. 두툼한 파카자락을 헤치고 내 상처를 만져보았다. 거기, 그러니까 아직 채 솟아오르지 않은 내 왼쪽 젖가슴 아래서 조그맣게 벌어진 상처가 펄떡펄떡 뛰고 있었다. 나는 상처의 양쪽 끄트머리를 꼭 오므려 잡았다. 상처가 쩍 벌어지기라도 할 듯이. 그랬다간 나 자신이 그 틈새로 쏟아져내리기라도 할 듯이.

도착한 날 간식시간에 아이들은 몇 개 조로 나뉘어 각 조의 인솔교사들과 함께 잼 그릇과 우유 잔을 앞에 두고 기다란 사각테이블에 앉았다. 선생님들은 자기 몫의 간식을 다 먹어치우기 무섭게 "자, 다들 밖으로!" 라거나 "나가서 놀아!" 라고 외치고, 빵과 우유를 허겁지겁 씹고 삼킨 아이들은 뱃속이 채 따뜻해지기도 전에 밖으로 내몰렸다.

참, 그러기 전에 편지부터 받았다. 엄마 아빠며 할아버지 할머니며 형제들이며 사촌들이 우리에게 사랑한다고 생각난다고 보고 싶다고 써보낸 편지들을. 이제 막 도착해 짐도 풀지 않았는데 우리는 그립다는 말이 적힌 편지를 받았다. 그것도 내가 제일 많이 받았다. 엄마한테서만 무려 다섯 통씩이나. 엄마는 나를 떠나보내기 전에 미리 그 많은 편지들을 부쳤다. 선생님들이 엄마 아빠들을 모아놓고 열심히 설명해줬겠지. 그래야 아이들이 겨울학교에서 씩씩하게 잘 지낼 수 있다고. 나는 속으로 제발 편지 좀 그만 받게 해달라고 기도했다. 하지만 편지를 나눠주는 여선생님은 계속해서 내 이름만 불러댔다. 그것도 연거푸 다섯 번씩이나. 아이들이 까르르 웃고 난리법석이 났다. 어떤 애가 그 편지들 모두 엄마한테 받은 거냐고 묻기에 나는 아니라고, 남자친구 것도 있다고 대답했다. 스무 살이 넘은 멋있는 남자라고, 내가 떠날 때 몰래 나무 뒤에서 지켜보고 있던 남자라고. 친구라면서 나이가 왜 그렇게 많아? 그애는 어깨를 으쓱하고는 딴 데로 가버렸다. 거짓말을 하려면 감쪽같이 했어야지. 이제 편지를 받는 것이 죽음과도 같은 고통이 되어버렸다. 편지를 나눠주는 시간이 되면 아이들은 선생님이 뭐라 하기도 전에 내 이름부터 중얼거리기 시작했다.

겨울학교니 뭐니 하는 곳에서는 혼자서 뭔가를 할 수 있는 시간이 없었다. 뭐든 남들이 보는 앞에서 해야 했다. 제 물건을 숨겨놓을 수도 없었다. 선생님들이 가방도 일일이 다 뒤졌으니까.

그 속에서 사탕이나 과자가 나오면 모두 함께 나눠먹어야 했다. 즉 '단체생활'을 해야 했다. 다행히도 엄마는 내게 사탕이나 과자 나부랭이를 싸주지 않았다. 대신 편지 속에 그 달콤함을 숨겨 놓았다. 간식이나 다름없는 엄마의 편지를 읽다보니 울음이 터질 것 같았다. 잘 지낸다고, 나 없이도 잘 지내고 있다고 하는 얘기를 어쩌면 그리도 명랑하게 늘어놨는지.

여자아이 하나가 울음을 터뜨렸다. 선생님이 그애의 강아지 인형에 달린 지퍼를 열어젖혔기 때문이었다. 아이의 엄마는 강아지 인형의 뱃속에 아이가 스무 날 동안 매일 밤마다 하나씩 먹고 읽을 수 있도록 사탕 스무 개와 사랑의 말 스무 마디를 숨겨놓았다. 선생님은 "이런 걸 감춰두면 어떡해! 사탕은 친구들과 나눠먹어야 한다고 했잖아!"라고 말한 다음 아이의 어머니가 적어놓은 사랑의 말을 읽기 시작했다. 여자아이는 오래도록 훌쩍거리고 울었다. 나는 그애의 침대에 걸터앉았다. 그리고 난생처음 큰 소리로 욕을 내뱉었다. 치사하다고, 정말 더럽고 치사하다고. 그애는 강아지 인형을 꼭 끌어안더니 이건 자기만의 보물창고라고, 남들은 절대 손댈 수 없는 거라고 말했다. 나는 홀쭉해진 강아지 인형의 배를 채우라고 내 손수건을 건네주었다. 아이가 우는 걸 보니 마음이 아팠지만 한편으론 다행이다 싶은 생각이 들었다. 강아지 인형 사건에 편지 소동이 묻혀버렸으니까.

남자애 하나가 잠들기 전에 뭐라고 중얼거렸다. 밤마다 그애 엄마가 그애를 재우느라 하는 말이었겠지. 엄마는 말하고 아들은 들으면서 둘은 함께 시라는 게 뭔지 알아갔겠지. 말이 완성되어가면서 존재하지 않는 존재를 만들어가는 게 바로 시라는 걸. 누군가 쉿! 하며 아이에게 조용히 하라고 하자 누구는 웃었고 누구는 빈정댔으며, 또 누구는 그 소란을 틈타 책을 읽거나 엄마의 사진을 꺼내보거나 엄마의 손수건을 코에 대고 엄마의 냄새를 맡았다. 이층침대의 위층에 있던 아이 하나가 아래에 대고 웩웩거리며 토했다. 토사물은 빈정대기 좋아하던 아이의 새 신발 속으로 철철 쏟아져내렸다.

엄마에게 보내는 답장의 첫머리에 나는 '편지를 보내주셔서 감사합니다'라고 썼다. 하지만 다음 문장부터는 편지 좀 그만 보내라는 내 뜻이 겉으로 드러나지 않으면서도 잘 전달될 수 있도록 이리저리 말을 비틀고 꼬았다. 부모님을 걱정시키는 말 같은 걸 썼다간 빨간 줄이나 흰 잉크로 지워져버리기 십상이었으니까. 처음에 엄마는 말귀를 알아듣지 못했다. 그래도 나는 계속해서 내 마음을 엄마에게 전했다. 겨울학교에 와 있는 삼 주 동안은 엄마의 사랑을 받고 싶지 않다는 마음을. 별거 아닌 듯 아무렇게나 써놓은 글 속에서 엄마가 내 마음을 읽었는지 마침내 편지가 전보다 뜸해지기 시작했다. 하지만 그건 내 생각이었을 뿐, 겨울학교가 끝나는 날까지 아이들은 편지를 나눠줄 때마다 내 이름을 들으며 깔깔대고 낄낄거렸다.

그 삼 주 내내 나는 달아나고 싶었다. 차라리 폭행이라도 당해 버리고 싶었다. 거기 계속 남아 있느니. 폭행을 당해 병원에 실려가면 엄마가 데리러 오겠지 싶었다. 하지만 최악의 경우, 내가 폭행을 당했는데도 선생님들이 나를 엄마에게 보내지 않고 거기 계속 잡아둘 수도 있었다. 그래서 나는 마음속으로 달아났다. 엄마가 잉크로 편지지를 적시고 있는 동안. 지금은 알고 있다. 내가 언제든 어디서든 달아날 수 있다는 것을. 이제는 핑계도 많고 거짓말도 잘 하고 길눈도 밝으니까. 내가 달아나도 붙잡을 사람은 없다. 나는 한없이 자유롭다. 무엇이든 누구든 언제나 다 떠날 수 있다. 그런데 여기야말로 진짜 감옥이야. 나는 엄마에게 편지를 쓴다. 파파 할머니가 된 채 포콩 드 바르셀로네트*에서 날아오는 내 편지를 기다리고 있는 엄마에게. 이 거대한 산속에서 나는 영혼을 잃어버렸고, 잃어버린 내 영혼을 찾아 이곳에 둥지를 틀었다. 아마도 눈이 녹으면 찾을 수 있을까. 지금은 산꼭

---

* 프랑스 남부 이탈리아 접경지대인 알프드오트프로방스 도에 위치한 해발고도 1211미터의 산악마을.

대기 위에 혼자 있으면서도 누군가에게 버림받았다는 생각만 들

뿐……

나을 수 있어

나는 교실로 들어간다. 비타민이 첨가된 좌약이 빠져나오지 않도록 엉덩이를 바짝 조이고, 입으로는 올리고당이 첨가된 사탕을 빨면서. 학교에 오기 전에 먹고 삼킨 시럽과 알약만 해도 무려 열네 가지나 된다. 엄마는 내게 끊임없이 약물을 주입한다. 아침에 잠 깨는 약으로 시작해서 밤에 잠들게 하는 약에 이르기까지. 주의력을 향상시키는 약, 졸리게 하는 약, 사람을 느긋하게 만드는 약, 무기력하게 만드는 약, 악바리로 만드는 약 등등 약효도 제각기 얼마나 다양한지. 문제는, 친구 소피네 집에서 주말을 보낼 때마다 내가 엄마 몰래 약을 끊는다는 거다. 소피 엄마가, 그렇게 마구잡이로 약을 먹어대면 사람이 맹해진다며 약을 먹지 못하게 한다. 특히 십이월 한겨울에 꽃가루 알레르기를 예방하는 약을 먹는 건 정신 나간 짓이라나. 그때마다 나는 기분이 꺼림칙한데, 약을 하나도 먹지 않고 주말을 보내는 게 왠지 엄마에 대한 배신인 것만 같아서다. 그렇다고 해서 당장 어디가 아파오는 건 아니지만. 내가 소피랑 풀숲에서 뒹굴며 노는 동안 엄마는 뭘 하고 있을까. 아빠의 사진을 들여다보거나 그 사진을 박박 찢어버리는 짓 따위 하지 않았으면 좋겠는데. 엄마는 추억을 되새기고 또 되새긴다. 그러다 제풀에 지쳐버린다.

내가 소피네 집에서 돌아오면 엄마는 먹지 않고 남겨온 약이 있는지 이리 살피고 저리 살핀다. 가져간 약은 모두 소피네 집 쓰레기통 속에 들어 있는데. 내가 약을 제때 잘 챙겨먹었다고 생각한 엄마는 이제 나도 다 컸다고, 제 할 일을 척척 알아서 하니까 아무 걱정 없겠다고 말한다. 속으로는 '플렉시플랑'의 약효가 정말 끝내준다고 생각하면서. 이윽고 엄마는 '아에리스트'와 '베탈랑'과 '마프랄 시럽'의 안부를 차례로 물어본다. 녀석들이 내 몸속에서 어떻게 작용하고 있는지, 제대로 약효를 발휘하고 있는지. 녀석들은 나름대로 멋진 주말을 보냈다. 지금쯤 조드레 마을의 지저분한 하수관을 따라 유유히 흘러가고 있겠지. 작은 배를 타고 떠도는 아빠처럼. 아빠는 머리에 모자도 쓰지 않고 얼굴에 자외선 차단제도 바르지 않은 채 뜨거운 볕을 받으며 한가로이 물 위를 떠돌고 있을 거다. 우리 모녀로부터 멀찍이 떨어진 채. 막 이혼했다는 신선한 기쁨을 조용히 맛보고 있겠지.

치료할 수 없는 병은 없다는 게 엄마의 신조다. 어디가 아프다거나 이상하다고 말하기 무섭게 엄마는 비장의 처방전을 만들어내는 데 몰두한다. 아빠에게 버림받은 것도 결혼생활의 처방이 잘못 되었기 때문이라고 믿는 엄마는 그후로 의학 서적을 읽고 관련 기사를 오리고 의약품 사용 설명서를 모으는 데 온 힘을 쏟아붓고 있다. 아빠랑 헤어진 다음부터는 직장에도 나가지 않는다. 하지만 한 번도 눈물을 보인 적은 없다. 화학이라는 벽에 기댄 채 삶이 계속 이어져나가길 바랄 뿐. 엄마가 약에 대해 연구하고 자신만의 처방전에 따라 온갖 약들을 나한테 섞어 먹일 때가 나는 참 좋다. 그럴 때면 엄마가 울적해하지 않으니까. 이렇게 산 지가 벌써 이 년째다. 엄마는 약을 조제하는 게 무슨 놀이인 줄 안다. 가끔은 어떤 약 속에 든 원소의 이름이 몹시 마음에 든다며 그 약을 나한테 먹인 적도 있다. 팔각형 알약(약 중엔 그런 것도 있다)과 길쭉한 당의정을 함께 먹는 것도 꽤나 효과를 볼 수 있는 방법이란다.

오늘 아침은 왠지 내가 나 같지 않다. 시험지를 앞에 두고 앉아 있자니 좌약이 뜨뜻하니 내 몸속으로 번져나가는 게 느껴진다. 엄마는 어째서 집중력을 갈가리 흩어놓는 좌약만 찾아내고 흐트러진 정신을 한데 모아주는 당의정은 아직 찾아내지 못한 걸까. 시험지 위에 누워 있는 분수가 생뚱맞기만 하다(두 가지 색으로 나눠져 있는 당의정 '앙티코실' 처럼). 어디가 아픈 모양이다. 틀림없다. 그러니 이렇게 나를 애 먹이고 미치게 만들지. 엄마한테 이야기하면 이 병든 분수를 치료해줄 거다. 얼마 안 가 분수는 다시 기운을 차리고 일어나겠지. 배 한복판에 금이 간 불쌍한 분수. 나는 녀석을 잘 알고 있다. 녀석을 웃기려면, 특히 녀석의 마음을 풀려면 어떻게 해야 하는지. 나는 답안지에 대고 단숨에 줄줄 촬촬 써내려간다. 분수가 앓고 있는 병과 그로 인한 녀석의 고뇌와 불안에 대해. 그 결과, 나는 빵점을 받고 교무실로 불려간다.

교무주임은 교무주임이 아니라 꼭 '교만 주임' 같다. 어찌나 잘난 체하며 으시딱딱거리는지 혹시 약을 너무 많이 먹은 건 아닌가 하는 생각이 들 정도다. 나더러 정신 상태가 썩어빠졌다고 고함을 질러대는데 마치 그 사실을 내 머릿속에 망치로 쾅쾅 두드려 박으려는 것 같다. 이따 두통약이나 한 알 먹어야지. 엄마는 도대체 어떻게 해야 빵점이 나오느냐며 어리둥절해하더니 나를 정신과에 데리고 가기로 마음먹는다. 그러고는 내 머리에 뭔가 결함이 생겼을지도 모르니 꾸물대지 말고 그 결함을 메워야 한다고 말한다. 교무주임은 엄마에게 내 엉덩짝이나 한 대 걸어 차주라고 말했지만, 엄마는 그래봤자 소용없다는 걸 알고 있다. 얼마나 다행인지. 엄마가 나를 로봇으로 생각하지 않는다는 사실에 마음이 놓인다. 엄마는 정신과 병원에 나를 데리고 가기 전에 전화를 걸어 예약을 한다. 예전에 치과의사한테서 내가 음식을 먹고 있지 않을 때도 계속 혀를 쩝쩝거리는 버릇이 있다는 얘길 전해들은 엄마는 거의 뒤집어지다시피 하더니 당장 버릇을 고쳐놓겠다며 나를 데리고 몇 번인가 그 병원을 찾았더랬다. 그리고 그후로 집에 손님들을 초대해놓고 식사를 할 때면 늘 그 얘기를 끄집어냈다. 그때마다 손님들은 혀를 잇몸 뒤에 얌전히 밀어넣고 음식을 삼키느라 쩔쩔맸고 아빠는 한숨만 푹푹 쉬어댔다.

  엄마가 대기실에서 나를 기다린다. 병원 원장은 부글부글 파마머리에 목걸이와 반지를 한 아줌마다. 엄마는 아빠에게 버림받은 후론 반지도 목걸이도 하지 않는다. 귀금속 알레르기가 있다나. 내가 진료실에서 나오자 엄마는 심리학 서적에서 읽은 그대로 행동하려 애쓴다. 즉 강요한다는 인상을 주지 않으면서 자연스레 이야기를 이끌어내려 애쓴다. 그러거나 말거나 나는 입에서 나오는 대로 다 이야기한다. 숨길 게 없으니까. 나는 원장에게 앞으로는 이런 일이 없을 거라고 말했다. 엄마가 내 수학 능력 부족에 대한 처방전을 찾아낼 거라고, 필요하다면 다른 연구진과 협력해서라도 반드시 찾아내고 말 거라고.

밖으로 나오니 비가 온다. 엄마는 내게 우산과 작은 알약을 건넨다. 미리 사둔 물과 함께. 알약을 마른입으로 삼켰다간 질식한다는 게 엄마의 얘기였다. 목도 마르지 않은데 엄마는 물 한 병을 다 마시라고 한다. 물은 공복에 마셔야 좋단다. 식사를 하면서 물을 마시면 속이 더부룩해지면서 소화가 안 된단다. 병원에 다녀오느라 우리의 일상에는 한 시간이나 차질이 생겼다. 집으로 돌아오면서 엄마는 씻는 데 시간을 적게 쓰면 평소와 똑같이 하루를 마무리할 수 있을 거라 중얼거린다. 나는 뭐라고 한마디 하고 싶지만, 엄마가 제 생각에만 골몰해 있는 걸 보고 그만두기로 한다. 엄마는 일단 제 안으로 들어가면 나올 생각을 하지 않는다. 엄마는 자기 자신과 회의중이다. 그런 증상을 뭐라고 하지? 뭐라 하건, 나는 그 증상을 치료해줄 방법이 없다.

"샤워를 하도록 해. 목욕을 하려면 시간이 너무 많이 걸리니까. 미리 욕조에 물을 받아놓을걸. 그랬으면 지금 뜨거운 물만 좀 섞으면 되는데."

"괜찮아, 엄마. 오늘은 목욕 안 해도 돼. 쉬는 시간에도 계속 교실에 있었단 말이야."

내가 끼어든다.

"세면대 앞에서 간단히 씻어. 수건에다 물을 적셔가지고. 네가 씻는 동안 빨리 저녁을 차리면 되겠다. 바로 먹을 수 있는 걸로 준비해야겠네? 점심 때 고기 안 먹었지? 타타르 스테이크* 해줄게."

"난 날고기 싫은데."

"그리고 오늘은 특별히 봐줄 테니 저녁 먹고 설거지 안 해도 돼. 바로 이 닦고 시 한 편 읽은 다음 자는 거야."

"타타르 스테이크 말고 그냥 스테이크 만들어주면 안 돼?"

"안 돼, 타타르 스테이크를 준비해야 시간을 아낄 수 있단 말이야. 게다가 비타민도 더 많이 섭취할 수 있고. 자, 엄마가 시키는 대로 해. 욕실로 가서 가제 수건에 물 적셔다가 겨드랑이부터 닦아내. 세면용 장갑으로 얼굴도 닦고. 아까 보니까 얼굴에 뾰루지가 하나 났더라? 이따가 다시 봐줄게."

집에 오자마자 엄마는 우편물들 중에서 내 피 검사 결과 통지

---

* 다진 소고기에 갖은 양념을 한 다음 익히지 않고 내는 요리.

서부터 들여다본다. 아무 이상도 없다. 이제껏 해오던 대로만 하면 된다. 알겠지, 엄마가 얼마나 현명한지! 엄마는 기뻐 어쩔 줄 모른다. 얼마나 흐뭇했는지 스테이크를 구워주기까지 한다. 한창 식사를 하고 있는데 아빠한테서 전화가 온다. 엄마는 찬물을 확 끼얹듯 말한다. 하고 많은 시간 중에 하필이면 남 밥 먹을 때 전화하는 이유가 뭐냐고. 그러고는 나를 바꿔주지도 않는다. 그저 무뚝뚝한 말투로 나를 데리고 정신과에 다녀온 얘기만 한다. 마치 진료실 안을 들여다보기라도 한 것처럼 말하는데, 나는 스테이크를 먹다 입을 딱 벌리고 만다. 엄마는 전화를 매몰차게 끊고는 자, 이제 네 아빠도 내 기분이 어떤지 알 거야, 라고 말한다.

"난 의사선생님한테 아빠가 화학자라서 수학을 싫어한다고 말한 적 없는데."

"그래? 그럼 뭐라고 얘기했는데?"

"보통 땐 그런 얘기 안 해도……"

"그렇지, 말은 하고 싶을 때만 하면 돼. 빨리 가서 침대에 누워. 엄마가 이불 덮어줄게."

제발 입 좀 닥치라고 엄마한테 말하고 싶다. 이런 기분은 난생처음이다. '조르그'라는 약 땜에 나사가 풀려버린 걸까. 어쨌든 나는 엄마가 일러준 대로 이를 닦으러 욕실로 간다. 엄마가 부엌에서 내게 착하다고 칭찬을 해주며 불소치약으로 이를 닦은 다음 장밋빛 꿈을 꾸게 해주는 알약을 한 알 반 먹는 것도 잊지 말라고 소리친다. 양을 늘려야 하는데. 벌써 이 년째 같은 약을 먹어서 그런지 이젠 약발이 통 안 듣는 것 같다. 파란 꿈이며 초록 꿈만 꾸지 장밋빛 꿈은 못 꿔본지 오래니까. 내일 수학 수업이 있다니까 엄마는 '펩스'라는 약을 준다. 새로 나온 미제 알약이란다. 분수를 치료하는 데 도움이 될 거라나. 엄마는 그 약도 잘 챙겨놓으라며 부엌에서 고래고래 소리를 지른다. 그 순간, 무슨 일인지는 나도 모르겠는데, 나는 치약을 쓰레기통에 내던져버린다. 이윽고 또 무슨 일인지는 나도 모르겠는데, 나는 세면대 위 수납장에 들어 있는 약들도 모조리 쓰레기통에 처박는다. 이윽고 또 무슨 일인지는 나도 모르겠는데, 나는 엄마를 불러서 초토화된 욕실을 보여준다. 이윽고 또 무슨 일인지는 나도 모르겠는데, 엄마는 집에 강도가 들었다고 경찰에 신고한다.

그러고는 경찰이 출동하길 기다리며 마구 흐느껴 운다. 약 말고 다른 게 없어지지 않았는지 살펴볼 생각도 하지 않은 채.

"끔찍하다, 끔찍해. 오늘 밤 먹을 약도 없으니. 넌 어떻게 잠들래? 도둑놈이 약을 다 훔쳐가 버렸는데."

"걱정 마, 엄마."

엄마는 복도를 연신 오락가락하며 혹시 먹다 남은 약 부스러기라도 떨어지지 않았는지 바닥을 유심히 살펴본다. 그러다 벽과 바닥 사이에 잇대 놓은 굽도리 널까지 손가락으로 샅샅이 훑어본다. 예전에 내가 그러니까 진정제를 처방해놓고선. 아무래도 오늘 밤엔 약물 복용을 중단하는 수밖에 없을 것 같다. 기다리고 기다려도 경찰이 오지 않자, 엄마는 다시 경찰서에 전화를 한다. 남편까지 도둑맞았다는 걸 막 알아차린 것이다.

거기 경찰서죠? 도둑이 들었다고 신고했는데, 왜 안 오시는 거예요? 집 안에 있던 약이 모조리 없어졌다고요. 이제 보니 남편도 없어졌네요. 어떡해야 하죠? 어디다 연락을 해야……

그때 엄마는 내가 금단증세로 괴로워하며 땀을 줄줄 흘리고 있는 걸 알아차린다. 경찰은 엄마가 말을 끝내기도 전에 전화를 끊어버린다. 엄마는 어떡할까 갈피를 잡지 못한다. 엄마가 나를 어떻게 진정시켜야 할지 몰라 허둥대는 사이, 나는 연신 땀을 흘려댄다. 배가 아프다. 울고 싶다. 나는 엄마에게 손짓으로 수납장과 쓰레기통을 차례로 가리켜 보인다. 엄마는 변태 중의 상변태가 아니고서야 이딴 짓을 할 리 없다고 중얼거린다. 내가 범인이란 의심은 털끝만큼도 품지 않은 채. 아니, 그런 의심 자체를 부정하고 있다. 나는 다시 한번 쓰레기통을 손가락으로 가리켜 보인 다음 아예 그 속에 손을 넣어 치약 튜브며 약병들을 꺼낸다. 하지만 엄마는 어떻게 된 일인지 알아차리기는커녕 그래, 나도 알아, 죄다 텅텅 비어버렸지, 라는 말만 되풀이한다. 그러고는 다시 복도 순례를 시작한다. 어딘가 먹다 남은 약 봉지가 굴러다닐 수도 있다고 중얼거리며. 나는 부들부들 떨기만 한다. 진정제를 끊을 때는 조금씩 조금씩 양을 줄여가라던 '복용 시 주의사항'이 생각난다. 엄마가 다시 내 쪽으로 와서 나를 꽉 부둥켜안는다. 우리는 함께 복도에 웅크리고 앉아 날이 밝아오기를, 뭔가 희망이 솟아오르기를 기다린다. 엄마가 물수건으로 땀이 진득한 내 이마를 닦아내고는 얼굴에 난 뾰루지를 미친 듯이 눌러 짠다. 그러고 나서 엄마는 나를 잠자리에 누이고 장밋빛 꿈을 꾸게 해주기 위해 알약을 먹이는 대신 이야기를 들려준다. 시시풍덩한 얘기지만 눈앞의 어둠이 싹 가시는 것만 같다. 이제는 떨리지도 않는다. 이윽고 나는 아빠가 떠난 후 처음으로 약을 먹지 않고—나를 날마다 조금씩 죽이고 있던 독극물들을 내 핏속에 주입하지 않고—잠이 든다. 엄마는 울음을 터뜨리며 말한다. 이제야 알겠다고, 네 아빠가 떠나버린 걸 알겠다고.

　내일 엄마는 다시 직장에 나갈 거다. 잠결에 내게 약속한 것처럼.

이튿날, 엄마는 화를 낸다. 내가 범인이라는 걸 알아차린 것이다. 엄마는 도대체 내가 어떻게 된 걸까 골똘히 생각에 잠기더니 이윽고 마음을 가라앉히고는 쏜살같이 약국으로 달려간다. 그리고 관장약을 산다. 엄마가 보기에는 '프로팡통'이 '알라트라스크'에 나쁜 영향을 미쳤다. 흐트러진 몸의 균형을 맞춰주려면 몸속을 싹 비워내는 수밖에.

여자가 되어라, 내 딸아

이제 딸은 친구들과 간식을 나눠먹으며 노는 대신 본격적으로 파티를 즐길 나이가 되었다. 엄마는 딸의 입술에 립스틱을 발라주려 하지만 딸은 얼굴을 뒤로 젖히며 입을 삐죽 내민다. 그러면서 파티에 입고 갈 옷은 자기가 알아서 고르겠단다. 엄마는 딸이 어떤 옷을 입고 갈지 다 알고 있다. 보나마나 '츄리닝'이겠지. 엄마는 이럴 바엔 뭐 하러 딸을 낳았나 싶다. 위로 줄줄이 아들만 낳아놓고 보니 날이면 날마다 집 안엔 스케이트보드가 굴러다니고 감자칩 부스러기가 밟히는데다 빗은 포마드로 찐득거리기 일쑤고 소파는 손때로 칠갑이 되었지만, 딸을 낳아놓으면 다를 거라 생각했다. 이제 상황을 바로잡아야 할 때였다. 더이상은 파티에서 일찌감치 돌아와 실실 웃으며 변명이나 늘어놓는 딸을 보고 싶지 않았다. 또래들보다 키가 크다보니 춤출 때마다 남자애들을 안아들어야 한다는 게 매번 되풀이되는 변명이었다. 딸아이의 팔에 대롱대롱 매달린 채 빙글빙글 도는 사내아이들을 떠올리자 엄마는 속이 울렁거렸다. 수학성적이 떨어졌다는 이유로 배구부 활동을 못하게 한 게 언젠데. 엄마는 예쁜 여대생 과외교사를 들인다. 가르치는 솜씨는 신통찮아도 옷맵시가 끝내주고 여우짓을 잘하는 아가씨로 골라서. 엄마는 그 처자가 딸내미를 여자로 바꿔놓을 거라 확신한다. 나이 차이도 별로 안 나니까 스스럼없이 연애담 같은 것도 들려주겠지. 절대로 남자를 안아들고 춤출 타입은 아니잖아. 엄마는 남자를 사로잡으려면 어떻게 해야 하는지 잘 알고 있다. 그 분야에 도통한 사람이니까. 일단 제 몸을 정성껏 다듬을 것. 그리고 완벽하게 다듬어진 몸을, 은밀히, 남자에게 바칠 것.

아무 소용없었다. 딸은 여전히 헐렁한 반바지에 러닝셔츠 같은 민소매티를 걸친 채 돌아다니기 일쑤다. 엄마는 아이의 아빠에게 고민을 털어놓는다. 그러자 아빠는 때가 되면 딸아이도 여자다워질 거라고 대답한다. 하루아침에 아이가 여자로 변할 수는 없지 않느냐면서.

"그래도 빨리 자기가 여자라는 걸 깨닫게 해줘야 해요."

"내 참, 당신도. 사춘기가 지나면 어련히 깨닫게 될까. 지금은 자기정체성을 찾고 있는 중일 거라고."

"그래도 그렇지 영 사내애 같잖아요. 미용실에 가겠다고 돈을 달라기에 머릴 어떻게 할 거냐고 물었더니 아주 짧게 커트를 칠 거래요, 글쎄."

"그래? 요즘 커트 머리가 유행이잖아. 그러게 내버려둬. 머린 또 자랄 테니까."

"그건 그렇다 치고, 당신도 눈치 챘는지 모르겠는데 말예요, 또래 여자애들에 비해서 가슴이 너무 작은 것 같지 않아요?"

"애가 좀 늦된 거겠지 뭐. 그래도 예쁘기만 한데 뭘."

"얼렐렐렐레."

엄마는 딸을 곱지 않은 눈으로 보면서 툭하면 욕설이나 내뱉는다고 야단을 친다. 사실 딸은 욕을 한 게 아니라 제 오빠들을 흉내내었을 뿐인데도. 얼마 안 가 딸은 기가 죽고 주눅이 든다. 날이면 날마다 야단을 맞고 혼이 난 아이답게. 그래도 딸은 엄마의 마음에 들려고 전전긍긍한다. 좋은 성적을 받아와도 엄마는 성적표를 거들떠보지 않는다. 학교에서 무슨 일이 있었는지 얘기해도 엄마는 국자로 냄비뚜껑을 두드리며 들은 척 만 척이다. 꽃을 사다줘도 한숨을 푹푹 내쉬며 어차피 시들 걸 왜 사왔느냐며 내다버린다. 딸은 이제 엄마가 자기를 향해 웃어 보인 게 도대체 언제였는지 기억도 나지 않는다. 그러다 가끔 엄마가 이웃집 여자아이를 보고 웃는 모습에 흠칫 놀라곤 한다. 이제 막 음반을 냈다는 그 여자아이는 인디언처럼 머리를 양 갈래로 땋아 늘어뜨리고 있다. 궁지에 몰린 딸아이는 엄마에게 생일선물로 유방확대수술을 하게 해달라고 부탁한다. 신기한 건 그 말에 엄마가 생긋 웃었다는 것, 더 신기한 건 그 말을 엄마가 들어주었다는 거다.

그리하여 딸은 열일곱 살이 되면서 젖소 같은 가슴을 지닌 여자로 변신한다. 엄마는 딸의 변신을 한층 더 부추기기 위해 속옷 세트를 몇 상자나 선물한다. 팬티를 큰 치수로만 골라 담은 건 딸아이 스스로 가슴과 엉덩이의 균형이 맞아야 한다는 걸 깨닫게 하기 위해서다. 아니나다를까 얼마 안 가 딸은 엄마에게 엉덩이를 키워야겠다고 말한다. 엄마는 딸에게 엉덩이에 지방 주입 수술을 받게 한 다음 딸을 미용체조 학원에 등록시킨다. 딸의 치마 길이가 짧아질수록 엄마는 기뻐 어쩔 줄 모른다.

딸이 대학입학자격시험에 떨어져도 엄마는 잘됐다고 한다. 모름지기 여자란 남편만 잘 만나면 되는데 뭐 하러 재수 같은 걸 하느냐고, 남편이랑 여기저기 여행 다니기 좋게 외국어만 몇 가지 할 수 있으면 된다면서. 엄마는 딸을 이탈리아에 있는 바에 취직시킨다. 딸은 물론 낮에만 일한다. 밤에는 남자를 만나야 하니까. 딸은 곧 리코라는 프랑스계 이탈리아 남자를 만난다. 그는 딸을 보자마자 함께 일해보지 않겠느냐고 말을 걸어온다. 프랑스에서 멋진 공연을 계획 중이라면서. 딸은 프랑스로 돌아와 엄마에게 리코를 소개한다. 엄마는 제 입맛에 맞는 남자를 골랐다고 좋아한다.

"그 사람이 준비하고 있는 게 어떤 공연이지?"

"여자 프로레슬링이요."

"프로레슬링이라니, 그건 남자들이나 하는 운동이잖아!"

엄마가 버럭 화를 낸다.

"아녜요, 여자들만 할 수 있는 특별한 공연, 남자들을 흥분시키는 쇼예요. 나이트클럽에서 춤추는 거라고요."

엄마는 안심한다. "아, 춤이라고? 그럼 됐다. 여보, 당신은 어떻게 생각해요?"

남편은 고개를 끄덕인다. 딸이 여자다워지고 나서 아내가 다시 사랑스런 아내가 된 것만으로도 다행이라고 생각하고 있었으므로. 그러나저러나 춤 레슬링이라니 기막히게 멋들어진 공연 아닌가.

딸은 리코의 차를 타고 떠난다. 엄마는 차체가 물 찬 제비처럼 날렵한 쿠페*를 보고 입을 다물지 못한다. 엄마는 벌써부터 결혼식 생각에 마음이 달뜬다. 그러려면 딸에게 다 잡은 먹잇감을 놓치지 않는 전략부터 가르쳐줘야겠다고 잠결에 생각한다. 그애의 걸음새가 영 마음에 안 들어. 무슨 카우보이도 아니고. 엉덩이를 어떻게 흔들면서 걸어야하는지 말해줘지. 애교 없는 여자를 옆에 끼고 다니는 남자가 얼마나 볼썽사나운데. 이번 일요일엔 그것뿐만 아니라 남자의 입술에 혀를 밀어넣는 기술하고 남자의 머리칼을 어루만지는 기술도 가르쳐줘야겠다. 그참에 앉으면서 은근슬쩍 다리를 벌리는 기술까지 함께 가르쳐줘야지. 천박하게 굴 필요는 없지만 일생을 함께할 남자한테 그만 한 애교쯤은 부릴 줄 알아야 하는 거 아니겠어? 그것도 남들이 눈치채지 못하게. 그래, 일요일에 그애가 오면 손 놀리는 기술도 좀 가르쳐야겠다. 남자를 손아귀에서 놓치지 않는 방법도. 내가 늘 꿈꾸어왔던 결혼식을 보고 말 거야. 그땐 왕비처럼 차려입어야지. 엄마는 잠결에 생각한다.

밤이면 밤마다 뜨거운 배추에 덴 상처를 치료하며 보낸 시간이 어느덧 반년. 딸은 매일 저녁 슈크루트** 더미 속에서 프로레

---

* 뒤가 깎인 듯이 생긴 2인용 승용차.
** 소시지 등에 곁들여 뜨겁게 먹는 알자스식 배추절임.

슬링을 한다. 매일 저녁 딸은 눈물을 흘린다. 공연 도중에는 소시지를 상처에 문지르면서 아픔을 달래는 수밖에 없다. 그러면 뜨겁고 시큼한 배추 때문에 벌겋게 부어오른 자리가 잠시나마 가라앉으니까. 그 광경에 관중들은 신이 나서 어쩔 줄 모르며 광란의 도가니로 빠져든다. 가끔 공연을 보러 오는 엄마도 신이 나서는 옆 사람에게 연방 "내가 쟤 어미"라고 자신을 소개한다. 이제 리코는 공연에 여자 셋을 더 끌어들인다. 거대한 슈크루트 더미 속에서 네 여자는 서로를 향해 맹렬하게 덤벼든다. 그리고 이어지는 난투극. 그사이 리코는 쿠페를 한 대 더 장만한다. 뿐만 아니라 외투도 한 벌 사입고 나무가 우거진 전원주택도 사들인다. 공연이 끝나면 네 여자는 때려서 미안하다며 서로에게 사과를 하고 서로의 상처에 연고를 발라준다. 오늘 저녁 만신창이가 된 채 퐁 도를리 디스코텍에서 나오던 딸은 리코가 다른 여자와 키스하는 걸 보고 그길로 오를리 공항을 향해 걷기 시작한다. 지금도 떠나는 비행기가 있겠지. 딸은 새로운 곳으로 가고 싶다. 프랑크푸르트나 스트라스부르 말고. 갓길을 걷고 있는 딸에게 공연을 실컷 즐긴 관중이 덤벼든다. 그들은 딸을 붙잡고 소시지 어쩌고 하면서 왁자지껄 떠들어대기 시작한다. 하지만 딸의 귀에는 무슨 말인지 잘 들리지 않는다. 귓속에 배추절임이 잔뜩 들어가 있었으므로. 딸은 머리카락도 배추투성이였다. 이윽고 관

중은 배추절임에서 배어나온 국물을 딸에게 뒤집어씌운다. 딸을 향해 '뜨끈뜨끈 소시지'라고 외치면서. 이어 그들은 쇠파이프를 마구 휘둘러 딸을 끝장낸다.

일요일에 딸의 시신을 확인하러 시체안치소를 찾은 엄마는 버럭 화를 낸다. 그러고는 얼른 그곳을 떠난다. 저건 내 딸이 아니라고, 그 아인 내 손으로 곱디곱게 다듬어놓은 여자 중의 여자라고, 그런 아이가 머리에 기름이 잔뜩 낀 모습으로 죽음을 맞았을 리 없다고 하면서.

거짓말쟁이

마음이 아파. 그저 마음이 아플 뿐이야. 그런 것 때문에 야단법석을 떨거나 예전과 달라지고픈 마음은 없지만. 아니, 오히려 그걸 비밀로 잘 간직하고 있을 생각이야. 지금 이 상황에서 자유로워지는 그날까지. 그래도 마음은 아파. 그런 건 엄마가 직접 나한테 알려주는 게 나았을 텐데. 엄마는 나를 맘대로 조종해왔어. 비밀을 털어놓으려면 아주 어렸을 적에 털어놓아야지. 그래야 아이가 충격을 덜 받을 거 아냐. 하긴 비밀이랄 것도 없지. 내가 입양되었다는 걸 모를 사람은 없을 테니까. 이제 슬슬 털어놓을 때도 됐는데. 엄마는 별것도 아닌 걸 가지고 난리법석이야. 내가 책임질 문제는 아니지만, 그래도 나는 잘 견뎌낼 자신이 있는데. 엄마가 진짜 엄마든 아니든 그게 뭐 그리 중요해. 이렇게 귀염 받고 있는데다 밥 걱정 집 걱정 안 해도 되는데. 그저 엄마가 직접 이야기해주었으면 좋겠어. 시골 고아원에서 나를 데려왔는지, 여자아이를 데려가면 정부의 지원을 받을 수 있다는 얘기에 나를 택했는지, 난 지 몇 달 안 된 핏덩이를 데려오기 위해 웃돈을 주었는지. 내가 그때 일을 기억할 수 없는 걸로 봐서 당시에 난 핏덩이였던 게 틀림없어.

요 며칠 전에 엄마가 아기 옷을 몇 벌 보여주며 내가 태어나서 처음 입었던 옷들이라고 말하는 거 있지. 치수를 보니 생후 육개월용이라고 되어 있었어. 엄마는 보기 민망할 정도로 감격스러워하더군. 지금 생각해보니 그 이유를 알 것도 같아. 나를 입양하기 전 이 고아원 저 고아원을 헤맸던 일이 생각났겠지(나야 안 봤으니 모르는 일이지만). 마침내 나를 데려가기로 한 날, 엄마는 고아원 복도에서 어색한 미소를 띤 채 떨리는 손으로 내게 입힐 폭신한 배냇저고리를 만지작거리고 있었을 거야. 털모자와 양말도 준비했겠지. 아마 그것들은 외할머니가 뜨개질한 것들이었을 테고. 그러고 보니 그 일에 온 가족이 다 동원됐네? 거짓말도 단순한 거짓말이 아니라 철저히 준비된 거짓말이었군그래. 외할머니는 차 안에서 나를 기다리며 히터를 틀어놨겠지? 적정 온도에서 나를 맞이하고 싶었을 테니까. 자 그럼, 아빠는 어디에 있었을까? 아빠는 복도를 서성이며 담배를 태우고 있었겠지. 그리고 꽃무늬가 낭자한 아기 옷을, 그것도 다리 부분을 초조하게 비틀어대다 엄마한테 타박을 받았을 거야. 가만히 좀 있으라고, 계속 그러면 아이를 맡아 기르지 못할 사람으로 오해받겠다고. 나는 요람 안에서 자고 있었을까 깨어 있었을까? 웬 낯선 여자가, 즉 엄마가 나를 안아올렸을 때 앙 하고 울음을 터뜨리지 않았을까?

짜증나. 괜히 신경질이나 부리고 할 나이는 지났지만 그냥 참고 있자니 무지하게 힘들어. 접시에 코를 대고 킁킁대는 버릇이 어김없이 제 아빠를 닮았다고 말하는 엄마의 배에다 접시를 엎어놓고 싶어. 사람을 대놓고 놀려먹지 않을 정도의 교양은 있어야지. 나도 참을 만큼 참았다고. 나는 그래도 눈치가 있어서 이렇게 비밀을 지켜주는데 말이야. 따지고 보면 가족 관계가 유지되고 있는 게 다 누구 덕분인데. 앞으로 한 번만 더 나를 걸고넘어지려 해봐, 확 다 불어버릴 거야. 나를 인형처럼 꾸며가지고는 여기저기 데리고 다니면서 자랑하는 걸 그렇게 좋아하는 엄마가 어느 날 갑자기 시장바닥에서 나한테 '아주머니'라 불리면 기겁하겠지? 이미 진실은 밝혀졌어. 며칠 전 엄마가 집에 놀러온 친구 아줌마랑 뭐라고 외국말로 이야기하며 자기 배를 가리키지 뭐야.

"왜 외국말로 이야기하세요?"

"그게 말이야, 아줌마가 나한테 '타르트 살레'*를 영어로 뭐라고 하는지 물어봐서 대답해주느라 그런 거야."

"참내, '타르트 살레'가 영어론 웃기지도 않게 기네요."

믿거나 말거나, 두 아줌마는 내 말에 까르르 웃음을 터뜨렸어. 잠시 후 엄마는 나더러 내 방에 가 있으라고 다정하게 속삭이고는 차와 케이크를 쟁반에 담아 내밀더군. 죄책감 때문이었겠지. 뻔하잖아. 나라도 내가 입양한 딸아이를 친구하고 둘이서 놀려먹은 다음엔, 그것도 '타르트 살레'라고 놀려먹은 다음엔 죄책감을 느낄 거야. 그러고 보니 뭔가 대책을 세우지 않으면 엄마가 나를 완전 뚱땡이로 만들어버리겠는걸? 이 케이크, 룰루 네가 먹어. 룰루 너, 몇 살이니? 일곱 배로 부풀리지 않으면 여섯 살이지? 나보다 여섯 살 적어서 여섯 살, 맞지? 다리는 나보다 두 개가 많고. 그러고 보니 너는 부모님이 나를 입양할 때 아직 태어나지도 않았겠구나. 넌 그래도 운이 좋아. 네가 어디서 왔는지 이야기해줄 사람이 곁에 있으니까. 너는 웬 개장수 아저씨의 개바구니에 들어 있었어. 엄마가 너를 보고 잘생겼다고 하자 아빠가 널 샀지. 얼마에 샀는지는 잘 모르겠어. 어쩌면 나보다 더 비

---

* 밀가루에 버터를 섞어 반죽한 위에 치즈와 야채와 고기 등을 얹어 구운 식사대용 파이. 타르트라는 말에는 바보스럽다는 뜻도 들어 있다.

싸게 샀는지도 몰라. 개장수 아저씨가 너더러 순종이라고 했거든. 마음 아프게 할 생각은 아닌데, 네 꼬리가 뻣뻣하기 짝이 없다고 엄마가 놀려대는 걸 보면 너는 아마 잡종인가 봐. 반가워, 동지.

엄마는 진실을 털어놓지 않을 거야. 거짓말을 밥 먹듯 하는 사람이니까. 지난 금요일에 학교에서 '어머니 날*'을 위한 선물을 만들었는데, 너무 커서 가방에 들어가지 않더라고. 할 수 없이 손에 들고 집에 돌아왔는데, 엄마는 그걸 다 봐놓고서도 일요일에 내가 그걸 내미니까 화들짝 놀라는 척하는 거 있지. 그리고 요전에 내가 엄마한테 잘 보이려고 식탁을 차린 적이 있어. 여름방학도 되기 전에 나를 고아원으로 돌려보내면 어쩌나 갑자기 겁이 나더라고. 엄마는 지나가면서 다 봐놓고는 일부러 십 분 뒤에 부엌으로 와서는 뒤로 벌렁 나자빠지는 시늉을 하는 거 있지. 우리 천사께서 기적을 일으키셨네! 어쩌고 하면서.

내가 아빠라면, 그러니까 엄마의 남편이라면, 거짓말 하는 버릇을 어떻게 고쳐놓을까 하고 걱정이 태산일 것 같아. 물론 엄마는 아빠한테도 툭하면 거짓말을 해. 그것도 나까지 끌어들여서.

---

* 프랑스에서는 오월 마지막 주 일요일을 어머니 날로 정해놓고 있다.

아빠한테 말하기 없기야, 너 데리러 가는 데 늦은 거. 이 엄마가 혼나는 꼴은 너도 보고 싶지 않겠지? 아빠한테 말하면 안 돼, 아빠 드리려고 밤 케이크 만든 거. 찬장 꼭대기 칸에 숨겨놓을 테니까 절대 말하면 안 돼, 알았지? 삼촌이 토요일 날 집에 오시기로 했는데, 아빠한테 절대 말하면 안 돼, 놀라게 해줄 생각이니까. 엄마가 총기상에 들른 거 아빠한텐 비밀이야, 생일 선물이 뭔지 미리 알아버리면 재미없잖니.

이런! 왜 하필이면 총을 선물하려는 걸까?

나를 죽이고 싶은 거겠지. 엄마는 이제 거짓의 구렁텅이에서 살 수 없어진 거야. 나는 곧 비밀을 간직한 채 저세상으로 가겠구나. 룰루 너도 비밀을 지켜줄 거지, 응? 하지만 때가 되면 이 세상 사람들에게 말해줘. 내가 어떻게 해서 입양을 둘러싼 비밀을 알게 됐는지. 간단해. 나는 머리카락이 갈색인데 엄마는 금발이잖아.

"네, 가요!"

엄마가 나한테 말할 게 있대. 룰루 너도 따라올래?

동생이라고요? 아이 싫어. 나랑 똑같은 곳에서 데려올 건가요? 지금 만날 수 있어요? 없다고요? 왜요? 왜 여기서 기다려야 하는데요? 다섯 달이나 더 기다리라고요? 병원에 가야 한다고요? 아픈 애를 데려올 건가요? 건강한 애는 없대요?

좋아요. 그러죠 뭐. 여기서 기다릴게요. '타르트 살레'나 만들면서.

지금은 어딜 가려고요? 미용실이요? 머리 색깔을 바꾼다고요? 머리뿌리랑 머리 끝 색깔이 다르다고요? 뿌리는 색깔이 뭔데요? 보여줘요!

믿거나 말거나 말이야, 룰루, 어쩌면 그렇게 비슷하니, 네 누런 털 속에 검정털이 몇 가닥 숨겨져 있는 거랑. 엄마는 이제껏 머리를 금발로 물들이고 있었대. 정말이지 엄마는 거짓말 선수라니까. 발끝에서 머리뿌리까지.

그런데 말이야, 도대체 어디 있을까, 내 뿌리는?

로즈 베이비

병원에 도착하자마자 내 눈에 들어온 건 앞자락에 기린이 그려진 헐렁한 셔츠를 걸친 산모였다. 나중에 아이는 탄생 기념사진을 보며 기절할 거다. 엄마가 아니라 기린을 보고. 나는 출산 후 사진촬영을 할 때 입을 옷을 따로 챙겨두었다. 물빛 잠옷인데, 어깨끈에는 자잘한 꽃무늬가 수놓여 있고 앞섶은 끈으로 여미게 되어 있으며 가슴 아래부터 앞자락이 트여 있다. 그 사이로 아기가 빠져나가고 축 늘어진 내 배가 들여다보인다. 나는 지금 한쪽 무릎을 시트 밖으로 삐죽 내민 채 침대에 앉아 있다. 아이가 내 등과 왼쪽 어깨 사이에 매달린 채 고양이처럼 나른하게 팔다리를 내뻗는다. 사진사는 사진을 찍다 말고 오늘 태어난 아기들 중에서 제일 예쁜 아기라고 칭찬을 한다. 나더러는 태양처럼 눈부신 빛을 발한다나.

사진사가 사진을 찍고 나가자, 친구가 전화를 걸어와서 질구를 몇 바늘이나 꿰맸느냐고 묻는다. 예닐곱 바늘쯤 꿰맨 것 같다고 하니까 친구는 화장실 가고 싶을 때 절대 참으면 안 된다고 일러준다. 그런 건 생각도 못했는데 말이다. 전화를 끊고 나서야 알아차린 사실인데, 친구는 아기 이름조차 묻지 않았다.

나는 열심히 머릿속을 뒤진다. 릴리라는 이름을 붙여주고 싶지만 내게 그럴 권리가 있는지 확신이 서지 않는다. 이름이 아니라 무슨 별명 같으니까. 그렇다고 아이를 릴리안이라 부르자니 영 마음이 내키지 않는다. 마르그리트나 파멜라는 어떨까. 곧 싫증나고 말 거다. 벌써부터 감이 온다. 이름을 두 개씩 겹쳐 불러볼까. 금세 헛갈리고 말겠지. 나는 자크라는 이름이 좋다. 하지만 여자아이한테 그런 이름을 붙이는 경우는 흔치 않잖아. 아이의 아빠가 옆에 있어서 둘이 함께 머리를 맞대고 궁리하다보면 마음에 쏙 드는 이름을 찾아낼 수 있을지도 모르는데. 사실 그이는 내가 아이를 낳았는지조차 모르고 있다. 언제나처럼 멀리서 여행중이니까. 마지막으로 그이를 본 건 임신 사 개월째 접어들었을 때였다. 그때 난 부풀어오른 배를 허리띠로 바짝 졸라맨 채 요즘 왜 이렇게 헛배가 부른지 모르겠다고, 풍선처럼 속에 공기가 꽉 차서 하늘을 둥둥 떠다닐 것 같다고, 당신이 비행기를 자주 타니까 나도 함께 날고 싶어서 그런 것 아니겠냐고 우스갯소리를 했다. 뱃속에 아이가 들어서 꼭 땅속으로 빨려들 듯 몸이 무겁다는 말 대신에. 임신한 사실을 알리면 그이가 영영 여행에서 돌아오지 않을 것만 같았다. 아이 아빠의 이름이 쥘이니까 아이에겐 쥘리에트라는 이름을 붙여줄까? 그럼 그이도 아이를 예뻐해주지 않을까? 아이들을 그리 좋아하진 않지만. 내 생각에 그이는 아이라는 존재 자체를 싫어한다기보다는 제 아이를 갖는 게 마뜩지 않은 것 같다. 자기가 달고 다니는 성이 싫다니까. 몇 대째인지 모를 독자인 그이가 자식을 낳지 않고 죽으면 그 성은 영영 이 세상에서 사라지게 되니까. 운 좋게도 나는 딸을 낳았다. 그러니 그이의 성은 앞으로 길어야 이십 년에서 이십오 년 정도만 딸아이를 통해 이어질 터였다. 그후엔 아이가 신랑감을 찾아낼 테니. 그리고 나서는 그 문제를 두고 더 왈가왈부할 일이 없겠지.

내가 임신해 있는 동안 친구는 내내 궁금해했다. 아이가 장미처럼 발그레할까 아니면 달처럼 파르스름할까 하고. 친구야 그러든지 말든지 나는 말 못 할 고민에 시달리고 있었다. 쥘은 피부색이 검거나 노란 아이가 아니면 쳐다보지도 않았다. 흰둥이 아이들보다 그 아이들이 훨씬 더 매력적이라나. 어느 날 나한테

이야기하길, 거리를 걷다가 커다란 책가방을 둘러 맨 흑인 아이를 향해 웍! 하고 소리를 질렀단다. 그러자 아이는 시무룩한 표정으로 돌아보더니 어깨를 한 번 으쓱하고는 가던 길을 계속 가더라나. 쥘이 말하길, 그애가 만약 백인 아이였다면 그 자리에서 앙! 하고 울음을 터뜨렸을 테고, 옆에 있던 아이의 엄마도 난리법석을 피웠을 거란다. 그가 세상의 어머니들에 대해 갖고 있는 생각은 이렇다. 세상의 신비를 찾아 산이란 산은 다 오르내리는 그가. 곧 돌아오겠지. 넉 달쯤 걸릴 거라 했는데 이제 거의 다섯 달째로 접어들고 있으니. 그가 돌아오면 우리 아기 몰리가 태어났다고 털어놓아야 한다. 아냐, 몰린 별로야. 왠지 몰라도. 커다란 개를 한 마리 사고 귀에다 문신을 새겨넣어야지. 그럼 아기가 눈에 덜 띌 테니까.

아이에게 아프리카나 아시아풍으로 '마투'나 '곰네' 같은 이름을 붙이면 그이가 아이를 좀더 살갑게 느끼지 않을까? 아이 아빠의 취향을 고려해서 나는 검은 줄무늬 노란 줄무늬가 번갈아 들어간 배냇저고리를 준비했다. 사실 파티용품 가게에서 찾아낸 꿀벌 변장용 의상으로 날개는 미리 다 잘라두었다. 마야가 요람에서 자고 있다. 손톱이 길다. 저절로 떨어질 거라기에 그냥 내버려두었다. 어떤 친구는 그걸 그대로 놔두지 말고 내 이로 물어뜯어주는 게 어떻겠냐고, 그러면 엄마와 아이 사이의 정이 더

돈독해지지 않겠느냐고 했다. 하지만 나는 그런 짓은 하고 싶지 않다. 그랬다간 감격에 겨운 나머지 정신을 잃고 쓰러질 수도 있으니까. 간호사가 모유를 먹이실 건가요 분유를 먹이실 건가요? 하고 물어봤을 때도 나는 누구한테 뭘 먹인다는 거예요? 하고 되물었을 정도다. 그러고는 말끝에 아무래도 상관없다고 덧붙였다. 간호사는 내게 모유억제제를 투여할지 궁금했던 것이다. 간호사가 모유억제제를 투여하지 않겠다고 했다. 나는 해달라고 말할 엄두가 나지 않았다. 이것 참 장난이 아닌데 하는 생각만 들었을 뿐. 젖이 불면서 가슴이 한결 팽팽하고 묵직해졌다. 그와 동시에 잠옷 앞섶이 젖어들기 시작했다. 나는 스펀지가 들어간 때밀이 수건을 반으로 잘라 놓았다가 안나가 젖꼭지를 입에서 뗄 때마다 양쪽 젖가슴에 씌워놓는다. 가슴가리개는 금세 젖어든다. 양동이에 대고 비틀어 짜면 뿌연 젖이 뚝뚝 떨어져내린다. 에믈린이 내 젖을 빨 때면 가슴이 뭉클해, 라고 아기의 이름을 묻지 않았던 친구가 말하기에 나도 아기에게 젖을 빨릴 때면 얼마나 가슴이 두근거리는지 모른다고 대답했다. 하지만 말짱 흰소리다. 그럴 때면 온몸이 마비된 것만 같다. 내 손으로 젖을 짜내야 하는지 말아야 하는지도 잘 모를 정도로. 그렇지만 젖소 젖 짜듯 젖을 짜내야 하느냐고 물어볼 엄두는 나지 않는다. 나는 그저 꼼짝 않고 마리의 머리를 가슴에 붙안는다. 쥘과 키스할 때 그의 머리를 내 얼굴에 밀착시키듯. 그러고는 대수롭지 않은 것들—풍경이나 낱말들—을 생각하며 가만히 기다린다. 이윽고 아이는 트림을 한다. 처음으로 아이가 트림을 했을 때 간호사는 박수까지 쳐주었다. 그러고는 머리카락으로 얼굴을 가린 내게 들었느냐고 물어왔다. 들었고말고요, 대폿집 단골이 두세 잔 걸치고 내는 것 같은 소릴 누가 놓치겠어요. 이윽고 나는 코린을 요람에 눕힌다. 잠옷 앞섶이 흥건히 젖은 채. 에드워주가 젖을 빨아댄 덕에 내 몸이 훈훈하다. 이네스가 자고 있다. 피곤한 건 나인데.

진통이 오기 시작할 때 쥘에게 전화를 걸었지만, 신호가 가지 않았다. 아마존의 밀림이라도 헤매고 있는 모양이었다. 그이에게 말을 할 수 있었다면 간호사들을 향해 고래고래 욕을 퍼붓지 않고 견딜 수 있었을 텐데. 아무한테나 욕을 내뱉어놓고는 얼마나 민망하던지. 나는 곧장 미안하다고 사과해놓고는 다시 욕설을 퍼부었다. 간호보조사 중 한 사람이 무슨 욕을 하셔도 괜찮다고, 자기네들은 욕 듣는 덴 이골이 나 있다고 말했다. 별안간, 나는 그녀를 향해 미친년이라고 고함을 질렀다. 그녀가 내 배를 힘껏 누르며 힘주라고 하는 순간, 그때껏 참고 참았던 말이 튀어나오고 만 거였다. 야 이 미친년아, 손 치우지 못해! 에밀리를 아래로 내려가게 한다고 간호보조사가 내 배를 누르는 순간 누군가 내 뱃속을 삼지창으로 마구 후벼파는 것 같았다.

소피는 새근새근 잠들어 있다. 한없이 서글프다. 새하얀 침대에 홀로 누워 있자니 바깥에선 수술대 밀고 가는 소리며 산모들이 비명을 지르는 소리며 갓난아이의 울음소리가 계속해서 들려온다. 점심 땐 버미첼리*가 몇 가닥 떠 있는 수프를 먹었더랬다. 크리스틴은 언젠가 몸에 세균이 득실거리게 될 거야. 엘리자베트는 개학날마다 학교에 가지 않겠다고 길바닥에 주저앉아 울고불고 떼를 쓸 테고. 에스테르는 성적표를 감추며 거짓말하는 재미를 알아가겠지. 툭하면 체육복을 잃어버리고 '컨닝'을 하다 들켜 요주의 학생이라는 낙인이 찍히고. 브리지트는, 운동장 한 구석에서 돌멩이들을 늘어놓고 넌 아빠, 넌 엄마, 이래가면서 소꿉놀이를 하겠지. 저 혼자서, 친구도 없이. 실비는 척추 변형 증세로 고생을 할 거야. 나는 한시도 그애 곁을 떠날 수 없을 테고. 붕대를 감아주랴, 마사지를 해주랴, 혼자선 아무것도 할 수 없는 그애의 손발이 되어줘야겠지. 그앤 붕대로 동여매어진 손가락을 물어뜯고 깁스가 되어 있는 다리를 뒤틀며 목이 경추받침대로 고정된 채 꼼짝달싹할 수 없을 테니까. 에글랑틴은 뭐든 일등일

* 가느다란 이탈리아 국수.

거야. 심지어는 달리기까지도. 그앤 귀엽다고 쓰다듬어주면 아주 질색을 하겠지. 만 열여섯 살만 되면 결혼을 해서 쥘을 기쁘게 해줄걸? 앙티곤은 연극배우가 되고 싶어할 테지. 당연한 거 아니겠어? 고대 그리스 비극의 여주인공 안티고네를 프랑스식으로 부르면 앙티곤이니. 하지만 쥘은 그렇게 생각하지 않을 거야. 연극이고 뭐고 일단 대학입학자격시험이나 붙으라고 하겠지. 나도 옆에서 맞장구를 칠 테고. 맞장구까지는 아니라도 머리를 끄덕이겠지. 그러면 앙티곤은 분을 이기지 못하고 제 방으로 돌아가겠지. 사는 게 지겹다고 비장하게 뇌까리면서. 잉그리드는 그 누구에게도 이해받지 못한 채 폭식증에 걸려서는 내가 뼈빠지게 만든 음식들을 아귀아귀 먹어댄 다음 변기에 꾸역꾸역 게워내겠지. 그러고는 연신 뜨거운 물을 찾아댈 거야. 그걸 마셔야 토하기가 수월하다면서. 도리스는 사물과 존재의 의미를 찾는 데 심취할 게 분명해. 책을 읽고 책장마다 밑줄을 긋고 밑줄 그은 부분을 예로 들다가 어느 날 책을 써내고 자살로 생을 마감하겠지. 클로에는 암으로 세상을 떠날 거야. 마리안은 가출했다 익사체로 발견될 테고. 발레리는 어느 날 내게 당신은 내 어머니가 아냐, 라고 말하겠지. 카린은 차마 내 곁을 떠나지 못할 거야. 내가 혼자서 외로워할까봐. 아마 세실도 나 때문에 처녀로 늙어가겠지. 프뢴은 툭하면 꾀병을 부릴 테고, 아니는 아무 남자하고

나 자고 다니던 끝에 병을 얻어 우리 곁으로 돌아오겠지. 레티샤는 담배 냄새를 풀풀 풍기면서 툭하면 마약 주사를 맞아 팔이 시퍼렇게 멍들어 있을지도 몰라. 어느 날인가는 그 예쁜 눈가마저 시커멓게 물든 채 약 없인 못 산다고, 그거야말로 세상 밖으로 향하는 문이라고 고집을 부릴 테고.

나는 복도 쪽으로 난 문을 바라보고 있다. 가끔 문이 빠끔히 열리고 누군가 고개를 들이밀기도 하니까. 몸은 좀 어떠냐며 아기를 쳐다보는 사람들에게 나는 아기의 이름을 이것저것 대보지만 하나같이 시큰둥한 반응만 보인다. 다들 자기가 아는 누군가가 생각나서 싫단다. 휴대전화에 쥘이 보낸 문자메시지가 뜬다. 내일 갈 거야. 당신만 생각하고 있어. 나는 둘로 트인 잠옷 앞자락 사이로 내 물컹한 배를 들여다본다. 어떻게든 뱃살을 집어넣어야 할 텐데. 내일은 무슨 수가 생기겠지. 바네사는 아직도 곤히 잠들어 있다. 주먹을 꼭 쥔 채 양 팔을 머리 위로 올리고 나비 잠을 자는 아이의 모습을 보니 쥘이 생각난다. 그이가 인생은 참 아름다운 거야, 라고 말해놓고는 만세! 하듯 두 팔을 치켜올리던 모습이. 내일 나는 그이에게 스테이크를 구워줄 참이다. 여행에서 돌아오면 그는 늘 고기를 구워달라고 한 다음 아내를 찾는다. 감자튀김도 곁들여야지. 기름 냄새가 좀 나면 어때. 디저트

론 딸기화채가 어떨까. 이월인데 싱싱한 딸기를 구할 수 있으려
나. 참, 그러고 보니 베네딕트가 태어난 날을 상징하는 별자리는
물고기자리네. 그애가 태어나던 순간에 떠오른 별자리는 뭐였을
까. 언젠가 아이가 궁금하다며 물어볼 텐데. 몇 시에 태어났는지
나한테 물어본 다음 스스로 알아내서 이렇게 말할지도 몰라. 아
이 싫어. 엄마하고 나하고 상승궁이 똑같네. 전갈자리잖아! 나
는 아이를 벌주겠지. 엄마를 사랑하겠습니다, 라는 문장을 천 번
되풀이해 쓰라고. 티틴을 보니 숨통이 막힌다. 아이가 들어 있는
플라스틱 요람 앞에는 성만 덩그러니 씌어진 명패가 붙어 있다.
이름은 쏙 빠진 채. 룰로트는 이 킬로하고도 구백오십 그램 나간
다. 정말 예쁜 아기다.

   하지만 나는 떠나야 한다. 집으로 돌아가 청소를 해야 한다.
양수로 물구덩이가 된 현관 앞 양탄자부터 치워야지. 어서 집으
로 돌아가 나만의 쥘을 기다리고 싶다. 아이를 기다리는 마음으
로 한 손을 배에 얹고. 그이에게 말해줘야지. 우린 늘 함께할 거
라고. 걱정할 것 없다고. 네네트는 세상 모른 채 자고 있다. 나는
일어나 짐을 꾸린다. 병원을 뜰 참이다. 병원 측에서 아이를 어
딘가로 보내주겠지. 이름도 없는 아기이니 일은 한결 수월할 거
다. 일단 성형외과에 가서 지방흡입수술부터 받아야겠다. 내일

쥘이 돌아오면 달라진 내 모습에 놀랄지도 모른다. 그러면 이렇게 말해줘야지. 당신 없는 오랜 나날들이 너무나 힘겨웠다고. 꿰맨 자국을 보고 놀라면 넘어져서 다쳤다고 말하면 그만이다. 안녕 내 아가.

결별

엄마 때문에 정말 짜증난다. 내가 자기랑 있으면 지루해한다는 걸 눈치 채고는 어찌나 심통을 부려대는지. 이제 집에는 그만 가기로 했다. 가봤자 아무것도 달라지는 게 없는데 뭐. 내 통장 잔고가 꼭 그 모양 아냐. 완전 식물인간 상태. 엄마는 늙어가고 있지만 난 한창 피어나고 있는데. 그렇다고 내가 엄마랑 잘 지내보려고 노력하지 않는 것도 아니다. 그놈의 경품 응모 게임 말고 다른 데도 관심을 갖게 하려고 내가 얼마나 애를 쓰는데. 그래도 엄마는 경품 응모밖에 모른다. 텔레비전을 보는 것도 잡지를 뒤적이는 것도 치즈나 손수건을 사는 것도 슈퍼마켓에 가는 것도 다 경품을 타기 위해서다. 그것 말고는 어떤 일에도 관심이 없다. 유명 인사가 갑자기 죽었다는 소식이라면 모를까. 나는 공인

회계사 시험을 준비중인데 엄마는 그게 남자들만 하는 일인 줄 안다. '공' 자나 '사' 자가 붙은 일은 모조리 남자들 몫이라고 생각하는 거다. 며칠 전에 친구한테 전화하는 걸 우연히 엿들었는데, 여자가 여자 일을 해야지, 남자들 일에 끼어들어서 출세하긴 어렵다고, 더군다나 나처럼 비실비실하게 생긴 애가 남자들과 맞서서 무슨 승산이 있겠느냐고 푸념을 늘어놓지 뭔가. '공인회계사' 가 어떤 직업인지 설명해주겠다고 하니까 엄마는 그러라고 하고는 나름대로 열심히 귀를 기울였다. 하지만 늘 그렇듯 우리의 대화는 완전히 옆길로 샌 채 끝나고 말았다. 설명을 듣고 있던 엄마가 뜬금없이 '고양이 발톱깎이가 새로 나왔더라' 라고 말하지 뭔가. 이야기 좀 하려고 하면 늘 생뚱맞은 소리를 해서 남의 말을 끊어먹는다고, 도대체 엄마하고는 진지한 대화를 나눌 수가 없다고 불평하자 엄마는 회계, 회계 하면서 계속 어려운 말로 횡설수설하는데 그 얘길 끝까지 듣고 있어야 하느냐고 받아쳤다. 그러고는 자존심이 상했는지 나더러 '회계사 나리' 라 부르며 창고에 가서 주판 좀 꺼내오지 그러느냐고 빈정거렸다. 엄마의 관심을 경품 응모로부터 돌려놓으려는 노력은 늘 이렇게 물거품이 되고 만다. 엄마는 응모권 보내는 데 드는 돈이 아깝지도 않을까. 말이 좋아 경품이지 받아보면 다 그렇고 그런 잡동사니들, 건전지나 부속이 꼭 하나씩은 빠져 있는 허섭스레기들일

뿐인데. 참, 뭐 하러 내가 엄마 일에 아등바등 끼어들지? 엄마는 내 생활에 눈곱만큼도 관심이 없는데. 있다고 해봐야 남자친구가 나를 데리고 나간 다음 다시 집으로 잘 데리고 들어오느냐 하는 것뿐인데. 그 남자친구에 대해서 이렇고 저렇고 얘기를 할라치면 예방접종은 받았느냐며 엉뚱한 소리를 하기 일쑤다. 내 단짝친구랑 해외로 배낭여행을 간다고 해도 그애 이름이 뭐냐고 몇 번을 되묻는다. 그러고는 여행자 보험을 꼭 들어봐야 한다고, 그래야 외국에서 병에 걸리거나 죽었을 때 고국으로 무사히 송환될 수 있다고 보험 예찬론을 펼치거나 내가 가려는 나라보다 더 좋은 나라가 있다고, 거기가 훨씬 볼거리도 많고 지내기도 좋다고 딴 나라 예찬론을 펼친다. 이제는 엄마한테 전화하지 말아야겠다.

어렸을 땐 엄마랑 정말 잘 통했는데. 밤마다 둘이서 여행안내책자를 펼쳐놓고 갈 만한 곳을 골라 아빠한테 일러주면 아빠는 우리를 데리고 거기로 갔는데. 그렇게 순식간에 마음이 통하기도 했는데. 언제부터인가 엄마는 확 오그라들어버렸다. 소인국의 난장이가 돼버렸다. 접근 금지 팻말이 붙은 소인국의 난장이. 엄마는 답답하기 짝이 없는 생활이 드리운 시커먼 그늘 속에 파묻혀 지낸다. 이제는 엄마를 보러 가지 말아야겠다.

나는 몇 달 전에 혼자 살아볼 결심을 하고 집을 나왔다. 그땐 아무렇지도 않던 엄마가 어느 날 갑자기 이상해지기 시작했다. 내가 완전히 사라져버리기라도 한 것처럼, 아니 내가 애초부터 없었던 것처럼 행동하기 시작한 것이다. 나라는 존재가 식구들의 뇌리에서 말끔히 지워져버리는 게 낫다는 듯이. 그래도 나는 곧잘 엄마를 보러 간다. 엄마가 내 얼굴을 잊어버리지 않도록. 하지만 그때마다 얼마나 지겨운지. 엄마도 나를 보는 게 지겨운 것 같다. 그때마다 신문에 코를 박다시피 하고 있거나 나한테 퉁명스런 소리나 해대는 걸 보면(얼굴이 비쩍 마른 걸 보니 사흘에 피죽 한 그릇도 못 얻어먹고 다니는 게 분명하다 등등). 시내나 한 바퀴 둘러보고 오자면 그제야 얼굴이 환해진다. 그러고는 무슨 파티에라도 가는 것처럼 꽃단장을 한다. 일단 거리로 나오면 그때부턴 걸음이 걷잡을 수 없이 빨라진다. 이쪽으로 갈까 저쪽으로 갈까 갈피를 잡지 못한 채. 입에서도 두서없는 말만 쏟아져나온다. 경품 응모 게임에만 몰두하다보니 현실 감각을 잃어버린 걸까. 언어 구사도 가히 초현실적이다. 피붙이가 아니라면 도저히 알아들을 수 없을 거다.

"그리고 또 말이다, 상가에, 저기 뭐냐, 파리, 알지, 핀으로 된 거?"

"그런 것 같아."

"아냐, 그 전에 그것부터 봐놔야지, 원형 테이블보. 식탁 다리 싸개, 그건 너무 커. 블라인드는 종이로 된 걸 사. 침실에 말이야, 수건하고 색깔 맞춰서."

그쯤 되면 슬슬 겁이 나기 시작한다. 엄마가 자동문에 부딪힐까봐. 외출만 했다 하면 엄마는 흥분해서 정신을 못 차린다. 세일 기간에는 정말이지 가관이다. 더듬대는 말 중간 중간에 몇 퍼센트, 몇 퍼센트 하며 할인율까지 끼어드니 원. 아예 귀를 틀어막고 듣지 않는 게 상책이다. 가끔 아빠한테 그 얘기를 하면 그때마다 아빠는 뭐 어떠냐고, 엄마는 너무 신이 나서 그런 것뿐이라고, 내가 너무 따지고 드는 게 더 문제라고 핀잔을 준다. 이제는 엄마가 하는 말을 통 알아들을 수 없다. 아무려면 어때. 이제 엄마랑 외출할 일도 없을 텐데. 절대 그런 일은 없을 거다. 결심했다. 엄마랑 이야기를 주고받는 건 내 혼을 쏙 빼놓고, 엄마랑 같이 돌아다니는 건 내 몸을 확 망가뜨린다. 나는 엄마한테 다시 전화를 건다. 내가 왜 이제 전화하지 않을 건지 그 이유를 철저히 분석해서 일러줘야 하니까.

"있잖아, 벽지, 아주머니가 다녀갔어. 아저씨가 시간을 내줄 수 있을 거래. 하지만 일월 전에는 안 된대. 여기 없어서. 참 대단하지, 탄자니아라니. 그래도 거기까지 가고."

"무슨 말인지 하나도 못 알아듣겠어, 엄마."

"정말이지 넌 한 번도 내 말에 귀를 기울이는 적이 없다니까."

그래서 나는 엄마의 말을 귀 기울여 들으려 노력하는 중이다. 일종의 퍼즐 맞추기랄까. 하지만 퍼즐은 늘 산산조각나 있다. 그걸 끼워맞추는 건 내 몫이다. 그렇게 해서 퍼즐을, 엄마를, 원상 복구해야 한다. 제대로 될 때까지. 엄청난 시간을 들여서라도. 엄마가 내 시간을 뺏으려고 일부러 산산이 부서진 건 아닐까 하는 의심이 들 때도 있다. 시험공부를 하고 있는데, 엄마가 전화를 걸어온다.

"방해해서 미안하다. 짧게 이야기하마. 이번 주말에 집에 올 거냐? 콜마르에 있는 친척 집에 갈 일이 있는데, 네가 오지 않으면 가고, 네가 오면 안 가려고. 올 거면 키슈*를 먹고 싶은지 고기를 먹고 싶은지 미리 말해라. 세례식은 안 가도 되니까."

"아냐, 세례식에 가. 거기 가면 바다도 볼 수 있잖아."

---

* 층이 지지 않은 밀가루 반죽에 거품 낸 달걀과 생크림을 얹고 그 위에 고기나 야채를 얹어 구운 음식. 돼지비계를 얹은 로렌식 키슈를 그냥 키슈라고 부르기도 한다.

"뭘 보든 그건 내가 알아서 할 일이고."

엄마는 바다의 '바' 자도 꺼내지 않았다. 오히려 나한테 타박만 쳤다. 그러고 보니 순전히 날 괴롭히려고 전화한 거다. 이제는 엄마랑 말하지 말아야겠다. 하지만 그러기 전에 나는 다시 한번 엄마에게 전화를 건다. 이번이 마지막이다. 대답 대신 엉뚱한 소릴 들을 게 뻔하지만 그래도 나는 내 새 남자친구에 대해 엄마가 어떻게 생각하는지 알고 싶은 마음에 전화를 건다. 엄마에게 낱말 맞추기 말고 다른 데로 관심을 돌릴 기회도 줄 겸.

"그 사람, 이번 여름에 혼자서 배 타고 여행할 거래. 나랑 같이 가지 않고."

"바람난 거야."

"그럴까? 그럼 그냥 떠나면 되지 굳이 나를 찾아와서 거짓말을 할 이유가 없잖아?"

"널 찾아준 게 그렇게 고맙던? 원, 여자가 자존심이 있어야지."

"그게 아니라, 나랑 헤어지고 싶으면 그냥 그렇게 말했을 거 아냐."

"너랑 헤어지고 싶지 않으니까 그렇지. 녀석은 양다리를 걸치고 싶은 거야."

"양다리?"

"너는 너대로 사귀면서 가끔 딴 여자랑 재미도 보려고 그런단 말이지. 요즘 사내 녀석들은 다 그렇잖아!"

"내가 먼저 차버릴까? 그럼 정신이 번쩍 들겠지?"

"생각이 있는 놈이라야 정신이 들든지 말든지 할 텐데."

물에 빠진 사람이 지푸라기라도 잡는 심정으로 전화를 했는데도 엄마는 나를 물에서 건져주기는커녕 오히려 물을 먹였다. 도저히 상대할 수가 없다. 앞으로는 절대 연락하지 말아야겠다. 사디스트 같으니라고. 괴로워하는 것조차도 다 계산된 행동이다. 내가 왜 회계사를 꿈꾸게 됐는지 알 만하다. 이런 얘기―즉 계산하기 좋아하는 엄마 밑에서 회계사를 꿈꾸는 딸이 나오는 건 당연하지 않느냐는 식의 복잡하고도 미묘한 얘기―를 하면 엄마가 어떻게 나올지는 불 보듯 뻔하다. '뭐라고?' 아니면 '호떡집에 불나면 꺼주는 사람을 세 글자로 하면, 소방수 아니냐?' 라고 하겠지.

오늘 밤엔 엄마한테 전화하지 않을 거다. 나는 그냥 잠자리에 든다. 침대에 누우니 혼자 배를 타겠다던 남자친구의 얼굴이 떠오른다. 혼자 여행하는 게 그렇게 좋으면 실컷 해보라지. 등신. 엄마가 왜 나를 지진아 취급하는지 모르겠다. 나는 그 인간하고 헤어질 거다. 당연하지. 엄마한테 물어보지 않고도 얼마든지 그렇게 했을 거다. 나는 생각이 있는 사람이니까.

잠이 오지 않는다. 힘없이 축 늘어진 커튼 너머로 네온사인이며 헤드라이트 불빛이 새어들어와 눈이 부시다. 이중 커튼을 만들어 달아야 하는데. 오래 전부터 엄마가 계속 그러라고 했는데. 하지만 나는 커튼을 만들 줄 모른다. 그렇다고 해서 엄마한테 물어볼 마음은 눈곱만큼도 없다. 엄마한테 전화하지 않고 하루를 넘긴 게 참 뿌듯하다. 이제 몇 주만 지나면 나는 엄마를 까맣게 잊어버릴 수 있겠지. 엄마라는 사람이 원래 없었던 것처럼 살아갈 수 있겠지. 엄마는 지금쯤 잠자리에서 아빠에게 이야기하고 있을 게 뻔하다. 나한테서 하루 종일 전화 한 통 없었다고. 하루쯤 삐쳐 있겠거니 생각하다간 내일부터 큰코다칠걸? 엄마한테 절대 얘기하지 않을 거다. 좀전에 웬 남자가 나한테 딕 리베르*의 노랫말로 사랑을 고백했다는 거. 학교식당에서 밥을 먹고 있는 중인데, 그 남자가 다가와서 '지금 그대의 청바지 안에 들어 있는 모든 것이 오늘 밤엔 내 침대 안에 들어 있게 되리'라고 말했다는 거. 암, 엄마는 그런 거 몰라도 된다. 그 노래하는 음유시인은 나만의 비밀이니까. 첫, 엄마가 나에 대해 뭘 안다고? 혼자

---

* 1960년대 프렌치 록으로 인기를 끌었던 프랑스 가수.

서 배 타고 여행할 거라는 말이 나랑 헤어지겠다는 말인 것도 내가 모를까봐? 내가 그렇게 숙맥일까봐? 오늘밤엔 엄마한테 전화 안 할 거다. 하지만 내일은 할 거다. 내가 숙맥이 아니라는 걸 보여줘야 하니까. 새 애인이 또 한번 멋지게 노랫말을 읊어줬으면 좋겠다. 그렇게 단도직입적이고 재기발랄한 남자에 대해서 엄마는 뭐라고 할까. 하긴, 뭐라 하건 말건 내가 무슨 상관이람. 아마 남자한테 쉽게 넘어가면 안 된다고 잔소리나 들어놓겠지. 엄마가 남자에 대해 뭘 안다고. 젊은 남자들이라곤 상대할 일도 없으면서. 기껏해야 자기 학교 동창들이나 들먹이겠지. 그 할아버지들이 나랑 무슨 상관이 있다고. 나는 그 할아버지들을 본 적도 없는데. 할아버님들, 엿이나 잡수세요.

아침에 엄마한테 전화했다. 이제 정말 마지막이라고 마음을 다잡고 있는데, 엄마가 전화를 받았다.

"할 말 있으면 빨리 해라. 장 봐온 거 냉장고에 넣어야 하니까."

"그냥 잘 계시나 해서 전화했어요."

부디 잘 있어라

나는 창문 앞 혹은 창문 뒤―여름에는 창문 앞, 겨울에는 창문 뒤―에 놓인 휠체어에 해거름―여름에는 늦은 저녁, 겨울에는 이른 저녁―까지 앉아 있으면서 돌멩이를 던진다. 돌멩이는 단 한 번도 담장을 맞추는 법 없이 안뜰에―여름에는 미친 듯이 웃자라 있는 잡초들 사이에, 겨울에는 죄수들의 머리통처럼 민숭민숭한 맨바닥 위에― 힘없이 떨어져버린다. 나는 딸아이를 기다리고 있다. 이 자리에서 꼼짝도 하지 말아야 한다. 곧 딸아이가 올 테니까. 다 잘될 거다. 딸아이가 올 거다. 지난번에 왔다 갔으니 이번에도 올 거다. 그리고 그 고운 손과 그 예쁜 눈동자(이번엔 어떤 표정을 담고 있을까?)를 내게 보여주겠지. 새하얀 피부도. 딸아이는 안뜰을 거닐며 잡초가 우거져 있거나 대

머리처럼 민숭민숭한 바닥을 내려다보고는 별에 대해 이야기해 달라고 조를 거다. 나는 딸아이에게 운석에 관한 이야기를 들려줄 참이다. 내 아버지가 그러셨던 것처럼. 아이의 아버지가 그랬던 것처럼(나는 남자들에게 단 한 번도 입 다물라고, 아버지가 했던 얘기를 따라하지 말라고 말해본 적이 없다). 내 어여쁜 딸아이가 오면 나는 그애한테 '하늘에 계신 우리 아버지'로 시작되는 주기도문을 들려줄 텐데.

어머니들이 둥그렇게 모여 앉아 있다. 시곗바늘에 눈을 고정시킨 채. 어머니들은 곧 아래가 오줌으로 흥건해질 거다. 어쩔 수가 없다. 감격에 겨울 땐. 오후 세시가 가까워온다. 오줌 같은 건 닦아내면 그만이다. 노래를 흥얼거리고 있노라면 어느새 문이 열리고 자식들이 들어온다. 어떤 어머니는 기뻐 어쩔 줄 몰라하고, 어떤 어머니는 또 얼마나 기다려야 하나 고개를 떨어뜨린다. 단 한 가지 어머니들을 두렵게 하는 게 있다면, 그건 잊혀져버리는 것이다. 다음주엔 오실 거예요. 직원들이 실망에 빠진 어머니들을 위로한다. 자식을 붙잡고 우는 어머니들이 있는가 하면 어머니를 붙잡고 우는 자식들도 있다. 기뻐서 어쩔 줄 모르는 어머니들이 있는가 하면 처량하게 신세나 한탄하는 어머니들도 있다. 딸을 낳아 기른다는 건 참 힘든 일이다. 나는 딸아이를 기다린다. 그애가 달라진 모습이길, 예전처럼 침착하고 우아한 모습이길 기대하며.

   딸아이는 한번 가고 나면 아홉 달이 지나서야 다시 온다. 제 남편 때문에 그러는 모양이다. 하긴, 사위는 양로원에 오기 싫은 기색이 역력했다. 혼자 오려고 생각도 해봤겠지만, 이백 킬로미터가 되는 거리를 교대해주는 사람 없이 혼자 운전해오는 건 위험천만한 일이다. 게다가 그앤 가끔이긴 해도 신경안정제까지 복용하고 있으니까. 오지 못할 때면 딸아이는 전화를 걸어와서 한참을 우물쭈물하다 다음엔 꼭 가겠다고 약속한다. 그러고는 아홉 달이 지나도록 감감무소식이다가 어느 날 내 앞에 나타나서 말한다. 보세요, 약속 지켰죠? 딸아이네가 내게 오는 건 큰맘 먹고 해야 하는 나들이이다. 그 전날이면 딸아이는 내게 미리 전화를 해서 언제쯤 도착할 거라고 일러준다. 사위는 일단 가자고 해놓고는 이튿날 날씨가 화창하면 왜 하필 이런 날을 골라 가느냐고, 날씨가 궂은 날로 기다렸다 가지 그랬느냐고 딸아이에게 화를 낼 테고, 그러면 딸아이는 자기를 기상캐스터로 아느냐고 통을 놓겠지. 사위의 이름은 장이다. 하지만 딸아이는 꼭 장루라고 부른다. 하여간 딸아이는 뭐든 간단한 게 싫은 모양이다. 심지어는 나조차도 '우리 엄마 뤼시'라고 부른다. 뤼시라는 엄마 말고 제 엄마가 어딘가 또 있는 것처럼. 손자들은 내게 편지를 보내온다. 가뭄에 콩 나듯 보내오는 편지지만 내용은 나무랄 데 없이 훌륭하다. 딸아이가 문체며 감정까지 진두지휘하는 모습이 눈에 선하다. 작별인사를 장식하는 부사 뒤에 딸아이가 숨어 있는 모습이.

딸아이가 안뜰로 들어서며 내게 손을 흔들어 보인다. 학교 운동장에서 놀고 있는 딸을 부르듯. 내가 당장이라도 휠체어에서 일어나 자기한테 달려올 거라고 생각하는 듯. 이윽고 딸아이가 내게 다가온다. 얼굴에 난 수술자국이 흉하다. 장루가 딸아이에게서 미소를 앗아가버렸다. 젊어 보이게 주름제거수술을 하라고 했단다. 딸아이가 아무리 행복한 척 잘사는 척 떠벌려도 나는 믿지 않는다. 남편이랑 연극을 보러 가고 남편한테서 반지를 선물 받았다지만 딸아이는 시들어가고 있다. 비료를 너무 많이 준 화초가, 온실 속에서 애지중지한 화초가 더 빨리 시들게 마련이니까. 딸아이의 뒤를 따라 사위가 양옆으로 사내아이와 계집아이를 하나씩 거느린 채 발걸음도 당당하게 다가오고 있다. 내가 죽고 난 후 그들 식구 앞에 펼쳐질 신나는 인생을 미리 흉내 내기라도 하듯. 신나는 인생이라. 양로원에 드는 돈이 그리 많지 않으니 한재산 물려받긴 하겠지. 나는 언덕 위에 있는 호화 저택에서 여생을 보낼 수도 있었지만 그러지 않겠다고 했다. 양로원에 있으면서 딸아이네가 한번씩 찾아오는 걸 낙으로 삼는 게 모두에게 좋을 것 같았다. 양로원에 드는 돈은 딸아이네가 물려받을 재산에 비하면 새 발의 피에 지나지 않으니까. 물론 내가 아주 오래 산다면 꼭 그렇지만은 않겠지만, 나는 그리 오래갈 것 같지 않다. 어제만 해도 의사들이 등에 난 종기를 보고 놀라지 않았던가. 의사들은 미처 못 봤지만 그런 종기는 등뿐만 아니라 내 가슴과 귓바퀴에도 나 있다. 아무래도 갈 날이 얼마 남지 않은 거다. 가기 전에 단 한 번만이라도 딸아이가 혼자 나를 보러 와준다면 얼마나 좋을까. 그러고는 예전처럼 앞니를 드러내며 활짝 웃어준다면. 요즘 그앤 칼을 입에 물고 있는 사람처럼 억지웃음만 웃는다. 하긴, 그게 어디 그애 탓인가. 딸아이는 제 아버지를 사랑했고, 제 아버지를 꼭 닮은 사람과 결혼하겠다고 마음먹었지만 그런 남자가 둘씩이나 이 세상에 존재할 수 없다는 게 문제라면 문제였다. 딸아이는 어쩔 수 없이 장루라는 남자를 택했고, 나를 본받아서 좋은 아내가 되려고 했다. 나처럼 일등신랑감을 남편으로 두었던 사람이야 아내 노릇하는 게 식은 죽 먹기보다 쉬웠지만, 딸아이는…… 그애 탓이 아니다. 딸아이가 내 곁으로 다가오고 있다. 고개를 비스듬히 기울인 채 입을 살짝 벌리고. 딸아이가 다시 인사를 한다. 손자들도 덩달아 인사를 한다. 줄줄 오줌 싸는 소리가 들려온다. 내 옆에 앉아 있던 카미유란 노인이, 카미유 라르티그가 앉은 자리에서 오줌을 지리고 있다. 여느 때처럼. 카미유는 양로원에 사람들이 찾아오는 걸 싫어한다. 자기를 찾아오는 이가 없어서일 게다. 그래서 나는 딸아이네를 카미유와 함께 본다. 딸아이는 도회지 여자답게 싹싹해서 카미유한테도 꼭 잊지 않고 인사를 한다. 아, 카미유 할머니, 아침에 햇볕 좀 쬐셨어요? 날씨가 이렇게 화창할 땐 나가서 볕도 쬐고 그러셔야죠. 그러면 기분이 얼마나 상쾌해지는데요! 여기 꼬마 햇님들이 할머니한테 인사를 하고 싶다네요…… 손자들은 마지못해 카미유의 손을 잡고 흔든다. 나는 지금 카미유의 기분이 어떨까 생각해본다. 한창 오줌을 지리고 있는 중에 자기보다 서른 살은 어린 여자, 그래서 딱 서른 살쯤 되어 보이는 여자한테서 햇님이 왔네 어쩌네 하는 소리를 듣고 있는 기분이라…… 손자들이 킥킥거리며 코를 감싸쥐고 뒤로 물러난다. 딸아이는 그렇게 앉은 자리에서 실례하는 걸 질색한다. 그래서 양로원에 올 때마다 나한테 기저귀가 제대로 지급되고 있는지 일일이 확인한다. 제 돈으로, 아니지, 남편과 힘을 합쳐 기저귀 값을 꼬박꼬박 대고 있는데 하루에 네 개씩 지급되어야 할 기저귀가 세 개만 지급되고 있다면 얼마나 짜증나겠는가. 내가 부탁만 하면 딸아이는 하루에 기저귀를 다섯 개라도 받을 수 있게 해줄 거다. 기저귀 지급이 제대로 되고 있지 않다는 소문이 나돈 후론 그런 얘기를 꺼내기가 껄끄럽지만 말이다. 손자들이 휠체어 사이를 정신없이 맴돌며 엎치락뒤치락 드잡이를 벌인다. 이어지는 고함 소리와 뺨 때리는 소리. 장루가 아버지로서 권위를 보이는 동안 딸아이는 남편의 뜻이 곧 자신의 뜻이라는 듯 맥없이 웃고만 있다가, 혹여 내가 심심해하고 있을까봐 나를 돌아본다. 딸아이네는 다들 기분이 좋아 보인다. 나는 한 사람 한 사람에게 일일이 미소를 지어 보인 다음 딸아이가 플라스틱 통에 넣어온 부드러운 배 케이크에 대고 고맙다고 말한다. 내가 케이크를 다 먹고 나면 딸아이는 플라스틱 통을 챙겨넣겠지. 손자들은 쳇! 하고 툴툴거릴 테고. 딸아이가 내 귀에 대고 속삭인다. 케이크보고 고맙다고 하시면 어떡해요. 아이들보고 고맙다고 하셔야지. 자기네들이 할머니 드릴 거라고 애써 구운 건데. 나는 부러 횡설수설해댄다. 그래야 딸아이의 마음이 가벼워질 테니까. 어머니를 양로원에 모신 게 잘한 일인 것 같다고 제 남편이 말하면 저도 그런 것 같다고 맞장구를 칠 수 있을 테니까. 그러면 손자들은 잘한 일은 카미유 할머니가 오줌 싼 게 잘한 일이지롱! 하고 깐죽거리겠지.

나는 딸아이의 미소를 살핀다. 어릴 때는 사진기 앞에서도 내 품 안에서도 그렇게 얌전하기만 한 아이였는데. 나는 딸아이의 눈동자에 어릴 적 기억이 떠오르는지를 살핀다. 아니다. 딸아이는 잊어버렸다. 딸아이의 얼굴은 엄청난 비극으로 인해 일그러진 채 그대로 굳어만 있다. 딸아이는 저를 바라보는 내 눈길에서 내가 치매에 걸리지 않았다는 걸 알아차린다. 그런 증상을 보이려면 한참 멀었다는 것을. 딸아이는 괜찮으냐는 듯 내 팔을 어루만진다. 그런 딸아이에게 예전처럼 웃어보라고 말할 엄두가 나지 않는다. 그랬다간 '하여간 우리 엄마 뢰시는 참' 하는 소리나 듣겠지. 손자들은 집에 가고 싶어 안달이다. 딸아이는 친척들의 안부를 대충 전해준 다음 식사는 잘하고 있느냐고 물어온다. 내가 끼니마다 스파게티나 마카로니를 먹는다고 하자 손자들은 부러워서 어쩔 줄 모른다. 녀석들도 한평생 착하게만 살면 이런 곳에서 여생을 보내게 될 거다. 남을 사랑하고 남에게 좋은 일만 하면, 남을 웃게 하고 남에게 잘 웃어 보이면 결국 어느 날인가는 이런 데서 스파게티니 마카로니니 하는 것들을 끼니마다 먹게 될 거다. 딸아이는 내 속내를 알고 있다. 내가 입 밖으로 내어 말하지 않는데도. 딸아이는 시선을 돌려 장루에게 웃어 보인다. 마치 괜찮다고, 우린 다 잘 지내고 있다고, 그러니 이제 엄마는 가도 된다고 말하는 것 같다.

내 딸아이가 내 관을 앞세운 채 교회의 회랑을 따라 걷고 있다. 딸아이는 내 관을 참나무로 맞춰주었다. 손자들은 수학여행 때문에, 사위 장루는 일 때문에 장례식에 오지 않았다. 아마도 사위는 지금쯤 이렇게 생각하고 있을 거다. 하필이면 날씨가 푹푹 찌는 한여름에 죽을 게 뭐야. 딸아이는 혼자 이백 킬로미터나 되는 길을 달려왔다. 그리고 지금 내 관을 마주 보고 앉아 있다. 딸아이는 누워 있는 내 모습이 너무나 작고 너무나 초라해 보이는 데 놀란다. 이윽고 딸아이는 제 아버지와 둘이서 즐겨 외우던 기도문을 내게 들려주기로 마음먹고는 내 앞에 무릎을 꿇고 앉아 관 위에 손을 올려놓는다. 우리 뒤에서 성가대가 다시 합창을 시작한다. 양로원 사람들이 꽃으로 엮어놓은 추도사가 눈에 들어온다. 신부는 나를 하늘나라로 보내고 나서 딸아이에게 다가온다. 이윽고 신부는 딸아이의 볼을 천천히 어루만져준 다음 딸아이와 함께 관에 손을 올려놓는다. 그러자 딸아이가 웃는다. 막 걸음마를 뗀 아기처럼. 옛 솜씨를 되찾은 아낙네처럼. 딸아이는 눈부시게 웃는다. 그 옛날, 어린아이였을 때 딸아이는 한쪽 손으론 제 아버지를, 다른 쪽 손으론 나를 붙들고, 우리 둘을 번갈아 보며 그렇게 웃었다. 양쪽 손이 똑같이 무겁다고 말하면서. 물론 제 아버지 쪽이 조금은 더 무거웠을 테지. 딸아이는 웃고 있다. 온 얼굴의 근육이 활짝 펴질 정도로. 언뜻 두려운 기색이 얼굴을 스치는가 싶더니, 딸아이는 웃어도 된다고, 고통은 아름다운 거라고 마음을 고쳐먹는다. 딸아이는 홀로 내 관 위에 엎딘 채 활짝, 아주 활짝 웃는다. 그러고는 들릴 듯 말 듯 나지막이 속삭인다. 엄마, 안 돼, 안 돼. 딸아이는, 비록 단 한 번도 제 뜻을 꺾은 적은 없겠지만, 이제껏 얼마나 많은 사람들에게 '된다' 라는 말만 되풀이해왔을까. 그나마 그런 말을 들을 자격도 없는 사람들에게. 딸아이가 내게 속삭인 '안 돼' 라는 말은 그 모든 '된다' 라는 말을 다 합한 것보다 더 소중하게 다가왔다. 바닥에 엎딘 채 딸아이는 흐느껴 운다. 그리고 나지막한 목소리로 웃으며 약속한다. 앞으론 자주 보러 올 거라고. 운전대를 잡고 있는 동안 하늘을 날고 있는 것 같았단다. 그말에 나는 평온한 마음으로 떠난다. 우리는 함께 한 고비를 넘어선 것 같다. 걸음마를 뗀 아기처럼.

대리 뮌하우젠 증후군*

엄마는 병원에 도착하자마자 의자며 탁자부터 알코올로 닦아
낸 다음 텔레비전 시청료를 내고 리모컨을 샤워용 캡 속에 집어
넣는다. 그러고는 내가 입원해 있는 병동의 전담 간호사인 도미
니 간호사 아줌마한테 인사를 한다. 아줌마는 우리랑 낯이 익었
다. 내가 입원과 퇴원을 반복한 지가 벌써 일 년이 다 되어가기
때문이다. 병원에 올 때면 나는 다리에 힘이 쭉 빠지고 입술이
쩍쩍 갈라진 채 기진맥진해 있기 일쑤다. 열 번에 아홉 번은 엄
마가 나를 병실까지 업어 날라야 한다. 간호사들의 도움을 받아
나를 병실 침대에 눕히고 나면 엄마는 그때야 한숨을 몰아쉰다.
이어서 나는 치료를 받고 엄마는 위로를 받는다. 내 병을 놓고
의사 선생님들은 머리를 쥐어짠다. 면역결핍증에 걸린 것도 아

니고 엄마가 손수 마련해주는 음식만 받아먹는 아이가 왜 패혈증에 걸려 병원을 제집 드나들 듯하는지 선생님들로서는 도저히 알 길이 없으니까. 선생님들은 엄마의 해박한 의학 지식에 깜짝깜짝 놀란다. 가끔은 엄마를 동료 취급하기도 하는데, 그러면 엄마는 얼굴이 발개져서는 그러지 마시라고 손사래를 친다. 엄마는 한때 약국 조제실에서 조수로 일했는데, 내가 패혈증을 앓으면서부터는 일을 그만두고 집에서 나만 돌보고 있다. 친구들이 어어, 하며 말렸지만 소용없었다.

엄마는 방사선 촬영실 바로 앞까지 따라와서 유리문에 바짝 붙어선 채 의사 선생님들이 주고받는 말에 귀를 곤두세우기 일쑤다. 그렇게 쫓아다니며 끼어드는 엄마에게 익숙해진 간호사 아줌마들은 피를 뽑거나 뭔지는 잘 모르겠지만 그밖에 이런저런 것들을 할 때 엄마에게 무균복과 마스크를 줘서 같이 일을 돕게 한다. 그러는 동안 엄마는 의사 선생님들과 간호사 아줌마들 사이에서 오가는 이야기들을 하나도 빠짐없이 귀에 담는다. 그러지 않으면 좋을 텐데. 왜냐하면 엄마는 그렇게 귀동냥으로 배운 걸 나중에 멋대로 써먹기 때문이다. 엄마의 머릿속에서 부글부글 끓고 있던 잡동사니 지식들은 어느 날인가는 반드시 용암처럼 이글이글 솟아오른다. 좌약으로 자살을 시도한 게 바로 그 증거다. 무려 쉰일곱 개나 되는 좌약을 한꺼번에 똥구멍으로 쑤셔

넣었다나. 그렇게 죽은 사람이 있다는 얘길 병원 복도에서 주워들은 모양이다. 내시경으로 무장한 의사 선생님들이 뱃속에서 독극물을 찾아내지 못해 쩔쩔매는 모습이 엄만 그렇게 웃기더란다. 지금도 기분이 좋을 때면 엄마는 어떤 독극물을 어떻게 삼켰냐며 화를 내던 의사 선생님들을 흉내낸다. 혼자 뿌듯해가지고는 어쩔 줄 모르며 이렇게 대답했다나. 하하하, 선생님들! 뱃속을 아무리 뒤져봐도 소용없을걸요? 죄다 궁둥이 사이에 쑤셔박았으니까!

그후 우리는 이사를 했다. 그래서 지금 내가 다니는 병원에서는 엄마가 보통 사람인 줄로만 알고 있다. 좌약으로 자살을 시도하는 그런 여자라는 건 모른다는 얘기다. 나도 그 일에 대해서 입을 다물고 있다. 안 그랬다간 한바탕 난리법석이 날 테니까. 어쨌든 이미 지난 일이니까—아니 제발 지난 일이기를 나는 간절히 바라고 있다. 하지만 이제 만 일곱 살이라는 나이에 무려 열두 번이나 패혈증으로 입원한 걸 보면 앞으로도 내 인생은 그리 순탄치 않을 것 같다. 나에 대한 엄마의 태도가 예사롭지 않은 건 확실하니까. 그래도 나는 반항할 생각 같은 건 없다. 그래봤자 무슨 소용이 있을까. 차라리 '반항'이라는 말 자체를 내 머릿속에서 지워버리는 게 낫다. 안 그랬다간 언제 지혈기로 고문당할지 모르니까. 내가 말을 안 들을 때면 엄마는 지혈기로 내 무릎 위를 조이며 심장에 칼륨이 필요할 때가 됐다고 빈정거린다. 그리고는 이제 한 세 시간만 기다리면 핏속의 칼륨이 제대로 순환하지 못해 심장에 쌓일 거라고. 그러면 나는 심장이 '빵!' 하고 터져서 죽게 된다고 협박한다. 어쩔 수 없이 내가 미안해요, 엄마, 사랑해요, 라고 울먹이면 엄마는 즉시 지혈기를 내 다리에서 빼낸다. 쥐가 나는 내 다리를 어루만지며 엄마는 피가 통하지 않으면 고통스럽지, 라고 중얼거린다. 나도 알아, 얼마나 고통스러운지, 라고.

나는 패혈증 때문에 걸핏하면 학교에 나가지 않는다. 엄마는 그래도 상관없다고, 내 나이에 학교에서 배우면 얼마나 배우겠느냐고 말하며 자기가 공부를 돌봐준다. 내 나이에 알아야 할 글자며 숫자며 모형들을 놓치지 않도록. 증세가 좀 나아진다 싶으면 학교에 나갈 때도 있는데, 그래봤자 난 울적하기만 하다. 아이들이 나더러 '몸 속이 썩어가고 있는 아이'라며 따돌리기 때문이다. 엄마에게 그 사실을 이야기하고 내가 더러운 애가 아니라는 걸 아이들한테 잘 설명해달라고 했지만, 엄마는 그애들은 원래 심술이 많아서 그런 거라고, 어쩔 수 없다고 한다. 내 몸 속 세균들에게 힘이 되어줄 수 있는 사람은 역시 엄마뿐이다. 그래서 나는 병원에 입원할 때면, 심술쟁이들이 우글거리는 학교를 떠나 병원 침대에 누울 때면, 그리고 휠체어와 엄마의 두 팔에 의지할 때면 오히려 마음이 편안해진다. 아빠는 늘 출장중이다. 그것도 내가 병원에 입원할 때만 골라서. 아빠 언제쯤 돌아오실 것 같으냐고 물어보면 네 아빠 병원이 무서운가봐. 병원 밖에서는 못하는 일이 없으면서. 애를 만드는 일도 그 중의 하나겠지, 라고 엄마는 큰 목소리로 속내를 얘기한다. 엄마는 보호자용 침대에서 새우잠을 자다 내가 잠꼬대라도 할라치면 나를 번쩍 안아들고 자기 침대로 옮긴 다음 꼭 끌어안아준다. 너 하나면 그뿐이라고, 올 여름엔 카리브해로 놀러가자고, 그러니 여름이 오기 전에 빨리 건강해지라고 중얼거리며. 무용 연습을 그만두게 한 대신 엄마는 내 몸이 좀 나아질 때마다 줄넘기를 하게 한다. 엄마랑 둘이 마주 보고 하다 먼저 그만두는 쪽이 지는 걸로 하자고. 그럴 때면 주로 내가 이긴다. 하지만 그때마다 얼마나 숨이 가쁜지. 금방이라도 숨이 넘어갈 것 같은 내 앞에 엄마는 선풍기를 들이대며 어서 숨 쉬라고 재촉한다. 끔찍하다 정말.

엄마가 내 옆에 있어주는 게 간호사 아줌마들한테는 얼마나 다행한 일인지 모른다. 그러잖아도 바쁜데 나를 돌봐주느라 밤을 샐 필요가 없으니까. 엄마는 밤새 나를 지켜보고 있다. 한밤중에 열에 들떠 일어나 보면 엄마는 늘 말똥말똥한 모습으로 침대 가장자리에 걸터앉아 있다. 정말이지 단 한 번도 잠들어 있는 모습을 본 적이 없다. 늘 같은 자리에서 나를 골똘히 지켜보고 있는 엄마. 가끔은 요강 위에 쭈그리고 앉아 있을 때도 있다. 화장실이 너무 멀다며 볼일도 그 자리에서 보는 것이다. 잠시 후 엄마는 요강에 물을 조금 부어서 자기 몸에서 나온 갈색 덩어리와 함께 잘 섞은 다음 그 걸쭉한 액체를 주사기로 내 몸에 주입한다. 내 사랑, 내 몸을 타고 내려온 이 더러운 액체가 네게 자양분이 되어줄 거야, 라고 중얼거리며. 힘없는 혈관 속으로 그 갈색 액체가 흘러들어가는 걸 지켜보고 있는 나와 눈이 마주치면 엄마는 그게 다 나를 위해서라고 말한다. 어서어서 잠들렴. 엄마가 옆에 있으니.

✤ 뮌하우젠 증후군이란, 순전히 병원에 입원하거나 의사한테 진찰 받을 목적으로 아픈 척하거나 병이 있는 듯 꾸며대는 정신질환의 일종이며 대리 뮌하우젠 증후군은 그 일종으로 엄마가 아이에게 병이 있다고 거짓말을 하는 증상이다.

난 엄마가 창피해

나는 이번에도 엄마 땜에 창피를 당했다. 생일 파티를 열어주
겠다더니 친구네 부모님한테 일일이 전화를 걸어가지고는 자기
가 지켜보고 있을 테니 안심하고 아이들을 보내셔도 된다고 말
하지 뭔가. 남자아이들과 여자아이들이 짝 맞춰 춤을 출 때도 서
로 찰싹 달라붙지 않게 잘 감시하겠다고, 술 같은 건 아예 집에
들이지도 못하게 하겠다고, 조금이라도 이상한 낌새를 보이는
녀석이 있으면 가방을 뒤지고 입에서 술 냄새가 나는지 맡아보
겠다고. 그러고는 덧붙이길, 저녁에 파티를 할 테니 자고 갈 아
이는 자고 가도 된단다. 방 두 개를 비워놓을 테니 남자아이들은
남자아이들끼리, 여자아이들은 여자아이들끼리 자면 아무 문제
도 없을 거라면서. 그 결과 생일 파티에 온 아이들은 일곱 명밖

에 되지 않았다. 그중에는 내 대부 아저씨의 아들과 그애의 사촌도 끼어 있었는데, 둘 다 내가 생전 처음 보는 애들이었다. 엄마가 초대했단다. 가끔씩 모르는 애들하고 놀아보는 것도 신선한 경험—엄마 말로는 '교대 근무'—이 된다나. 엄마 땜에 난 학교에서 '왕썰렁'으로 통하고 있다. 혀를 집어넣지 않고 입술만 맞대는 키스도 못 하게 하니, 분위기가 싸해질 수밖에. 쉬는 시간만 되면 아이들은 너도나도 엄마 흉내를 내느라 난리법석이다. 엄마 딴에는 생일 파티를 잘 열어줬다는 생각에 기분이 좋았나보다. 끝날 때까지 부엌에만 있겠다고 약속해놓고는 아이들이 춤을 추기 시작하니까 신이 나서 못 견디겠는지 의자를 문 앞까지 끌어내놓고 앉아서 같이 발장단을 맞추지 뭔가. 그러고 있으면 아빠가 함께 춤이라도 추자고 할 줄 알았겠지만 아빠는 나를 생각해서 그런 뻔뻔한 짓은 하지 않았다. 이윽고 엄마는 도저히 못 참겠는지 "앞으로 십오 분간 아메리칸 타임!"이라고 외쳤다. 아이들은 무슨 말인가 하며 엄마를 쳐다보았고, 그러자 엄마는 음악을 끄더니 아메리칸 타임에는 반드시 남자와 여자가 짝을 이뤄 춤을 춰야 한다고 말했다. 남자 수가 모자라서 여자끼리 짝을 이루는 일은 없어야 한다고, 우리 집에서 그런 불상사가 일어나서는 안 된다는 거였다. 어쩔 수 없이 아빠는 아이들 틈에서 춤을 춰야 했다. 문득 다섯 살 생일날 봤던 인형극 속의 키다리

아저씨가 생각났다. 남자 짝이 한 사람 더 늘어났지만, 아이들은 하나같이 한숨만 푹푹 내쉬었다(개중 몇몇은 그때 받았던 스트레스를 지금도 기억하고 있다). 파티가 끝날 무렵 나는 기진맥진한 채 속으로 다짐하고 또 다짐했다. 앞으로는 어떤 일이 있어도 친구들을 집에 초대하지 않겠다고. 자고 가겠다는 아이가 아무도 없었으므로 파티가 끝나고 나서 나는 설거지를 했다. 혼자신이 나서 몸을 건들건들 흔들어대는 엄마와 함께. 아빠가 나를 향해 멋쩍은 미소를 지어보이는 동안, 엄마는 파이 틀을 내 코앞에서 흔들어대며 자기가 만든 키슈 맛을 자랑하느라 정신이 없었다. 이것 봐, 다들 하나도 남김없이 깨끗하게 먹어치웠잖아! 키슈하면 로렌식 키슈만 최고인 줄 아는데 이 엄마표 '대파 키슈'도 끝내준다니까!

나는 다시 한번 앞으로는 어떤 일이 있어도 친구들을 집에 초대하지 않겠다고 다짐했다. 사실 다짐 같은 건 할 필요도 없었다. 오려고 하는 친구가 없었으니까.
"네 탓은 아니지만 말이야, 그게 저, 너네 엄마가 좀……"
"우리 엄마가 뭐 어떤데?"

친구들이 집으로 놀러오지 않으니 내가 친구들 집으로 놀러

갈 수밖에 없다. 나는 친구네 엄마들이 참 좋다. 엄마처럼 별나지 않으니까. 자식들이 하는 일에 일일이 끼어들지 않고 가만히 있어야 할 땐 가만히 있으니까. 엄마는 끊임없이 이거 해봐라 저걸 해봐라 하면서 나를 들쑤신다. 나는 그냥 빈들거리는 게 좋은데. 창피하다. 엄마가 내게 가슴이 봉긋해졌다고 말할 때. 창피하다. 엄마가 치즈 가게 아저씨를 꼬드겨서 나한테 그뤼예르 치즈를 공짜로 맛보여주게 하거나(내가 뭐 세 살배기 꼬마인가?) 내 머리카락에 대고 코를 킁킁거린 다음 약사 아줌마한테 머리 냄새 없애는 약 좀 없느냐고 할 때. 창피하다. 엄마가 슈퍼마켓 점원 언니한테 포장 샐러드 맛이 이러니저러니 떠들어대거나 보도 위에 드러누운 거지를 보고 내 팔을 확 잡아끌 때. 창피하다. 엄마가 경적을 울리거나 수화기에 대고 여보세요? 라고 말하거나 껑충껑충 뛰어갈 때. 창피하다. 엄마가 내 친구의 전화를 받고는 뉘 집 아이냐고 물어볼 때. 창피하다. 엄마가 음식을 우물우물 씹고 있거나 화장실에 틀어박혀 있을 때. 창피하다. 엄마가 아빠를 '여보'라고 부를 때. 이렇게 창피한데도 상황은 달라질 기미가 보이지 않았다. 아니, 더 나빠질 기세였다. 왜냐, 로마로 수학여행을 가게 됐는데 엄마가 따라가겠다고 나섰으니까. 소식을 전해들은 아이들은 너나 할 것 없이 절망에 빠져 울부짖었다. 아, 안 돼! 어떻게 그런 끔찍한 일이! 그 아줌마는 절대 안 돼!

나는 떠나기 전에 엄마에게 애원했다. 최대한 입을 다물고 있어 달라고. 그게 힘들면 자주라도 입을 다물어달라고. 제발 부탁이라고. 그러자 엄마는 나더러 건방지게 굴지 말라며 화를 냈다. 엄마의 눈에 눈물이 그렁그렁 맺혀 있는 걸 본 나는 그만 입을 다물고 말았다. 여행 중에 '뿌리는 스타킹' 같은 거 쓰지 말라고 말하고 싶었지만 차마 입이 떨어지지 않았다. 엄마는 분무기에 든 액체를 다리에 뿌려주기만 하면 갈색 스타킹을 신은 것처럼 보인다며 좋아라 했지만, 나는 그게 왠지 지워지지 않는 문신 같아서 싫었다.

야간열차 안에서 엄마는 불침번을 섰다. 여자 역사 선생님이랑 남자 교감선생님이랑 번갈아가며. 엄마는 야간열차야말로 범죄의 온상이라고, 미치광이와 변태성욕자와 살인자가 언제 어디서 튀어나올지 모른다고. 그러니 볼일 보러 화장실에 갈 때도 밥 먹으러 식당칸에 갈 때도 바람 쐬러 복도로 나갈 때도 자나 깨나 조심하고 또 조심해야 한다고 아이들을 겁주었다. 같이 여행 온 아이들 중 적어도 셋 이상은 엄마더러 성격이 이상하다고 수군 댔다. 물론 '성격이 이상하다'라는 표현을 쓰지 않고 그보다 심한 표현을 썼다. 엄마가 들었으면 걔들한테 반성문깨나 쓰게 했을 거다. 엄마가 말을 잘 못 알아듣는 게 다행이라면 다행이었다. 나는 콩스탕스라는 아이를 통해서 그 사실을 알게 되었다. 엄마가 "뭐?"라고 되물으면 아이들은 "어떻다고요?"라고 되물었고, 엄마가 "어떻다고?"라고 되물으면 아이들은 "뭐라고요?"라고 되물었다. 더 끔찍한 건 그때마다 엄마가 좋아라 웃는 거였다. 나는 엄마의 정신상태가 의심스러웠다. 정말 너네 엄마 맞아? 혹시 너네 할머니 아냐? 왕재수 표트르가 물어보기에 나는 대답 대신 "멍청한 러시아"이라고 받아쳤고, 그 결과 반성문을 사십 줄이나 써야 했다(엄마는 그것보다 훨씬 더 많이 쓰게 하고 싶지만 차 안에서 글을 너무 많이 쓰면 멀미할까봐 그쯤 해둔다고 말했다). '나는 표트르에게 멍청한 러시아놈이라고 말하는 인종차별적인 잘못을 저질렀습니다. 그 말을 취소하고 표트르에게 사과합니다.' 나는 표트르에게 반성문이 적힌 종이를 내밀었고 그 왕재수는 나더러 "멍청한 계집애"라고 욕했으며 엄마는 무슨 말인지 못 알아들은 채 또 "뭐?"라고 되물었다. 아이들이 입을 모아 "어떻다고요?" 하고 외치자 엄마는 다시 "어떻다고?"라고 되물었고 아니나다를까 아이들은 "뭐라고요?" 하고 외쳤다. 엄마는 좋다고 웃음을 터뜨렸다. 엄할 땐 엄해도 아이들과 어울릴 땐 친구나 다름없다는 걸 보여주기 위해서. 아이들이 잠자리에 들 시간이면 엄마는 객실을 일일이 돌아다니며 자장가 삼아 노래를 불러주었다. 그것도 객실마다 다른 노래를. 엄마는 아이들에게 오락시간에 그 노래들을 모두 가르쳐주겠다고 약속했다. 웬 버르장머리 없는 녀석이 "저러다 혀 빠지겠는걸"이라고 빈정대는 소리가 내 귀에까지 들려왔다. 엄마는 각 객실마다 '실장'을 한 명씩 임명해놓고는 맨 마지막으로 내가 있는 객실에 들렀다. 나는 엄마에게 뽀뽀해달라고 속삭였다. 엄마한테서 향긋한 냄새가 풍겨왔고, 내 눈엔 눈물이 핑 돌았다.

유스호스텔이 어디에 있는지 찾아낸 다음부터 엄마는 선생님들보다 더 막강한 권력을 행사하기 시작했다. 엄마는 우리더러 각자 마음에 드는 방 친구를 고르라고 한 다음 우리 뜻에 맞게 방을 배정해주었다. 장폴이라는 아이가 엄마더러 역사 선생님 탕기 여사보다 훨씬 낫다고 말하기에 마음이 좀 풀리나 했더니 왕재수 표트르가 탕기 여사보다 못한 사람이 어디 있느냐며 찬물을 끼얹었다. 이윽고 엄마는 유스호스텔 지배인에게 도시락을 준비해달라고 부탁했다. 그렇게 해서 엄마는 수학여행의 수준을 한 단계 높여놓았다. 밥 한 끼 먹으려면 몇 시간이고 주린 배를 움켜쥐고 기다려야 했던 여행에서 달라고 하지 않아도 먹을 것이 척척 준비되는 여행으로. 하지만 그 결과 나는 다시 한번 창피를 당해야 했다. 엄마가 도시락을 펼쳐놓고 아이들을 향해 "잘 먹! 잘 먹!"이라고 목이 터져라 외쳐대는데도 "겠습니다!"

라고 받아주는 아이가 아무도 없었으므로. 분위기가 썰렁한 가운데 엄마는 다시 "잘 먹!"이라고 외쳤다. 도저히 더 두고 볼 수가 없어서 내가 "겠습니다!"라고 말을 받자 그때서야 다른 아이들도 일제히 "겠습니다!"라고 외쳤다. 이콘이라는 아이만 빼고. 그애가 '잘먹'은 뭐고 '게쓰니다'는 또 뭐냐고 어리둥절해하자 아이들은 너도나도 이콘을 놀려먹는 데 열중했고, 덕분에 나는 창피를 당하지 않아도 되었다. 고마운 이콘. 이콘이 앙게랑이랑 머잖아 정사를 벌이기로 되어 있다는 걸 엄마가 눈치채면 안 되는데. 그랬다간 틀림없이 훼방을 놓으려 들 테니까. 앙게랑이 이콘의 엉덩이를 어루만지며 둘 사이에 곧 어떤 일이 벌어질지 암시할 때마다 나는 저건 뭐냐며 엄마의 주의를 돌렸고, 그러면 엄마는 딸내미가 로마 유적에 관심이 많은 줄 알고 몹시 기뻐했다. 그런 것에 관심이 없는 아이들에게 엄마는 유적에 얽힌 이야기를 지어내 들려주기도 하고 얌전히 구경을 마치면 아이스크림을 사주겠다고 약속하기도 했다. 아이들은 탕기 선생님보다 엄마를 더 잘 따랐다. 그럴 수밖에. 탕기 선생님은 유적 앞에서 떠드는 아이들에게 다음 시험에서 빵점을 주겠다고 협박하기만 했으니까. 물론 나처럼 엄마를 달고 온 아이에겐 탕기 선생님도 그런 협박을 할 수 없었지만. 늘 말이 없는 오귀스트 에밀리앵이라는 아이는 아예 엄마 옆에 붙어살다시피 했다. 엄마는 그애를 오귀스트 엠이라고 불렀고, 그때마다 그애는 기분이 좋은 듯 씩 웃었다. 늘 무뚝뚝하기만 하던 애였는데. 부모님이 시키는 대로 긴 골프바지를 입고 와서 반바지 차림의 아이들 속에서 혼자서만 생뚱맞아 보이는 그애를 위해 엄마는 긴 바지를 멋지게 접어 올려 반바지로 만드는 법을 가르쳐주었다. 엄마가 오귀스트 엠에게 정신이 팔려 있는 틈을 타서 나는 뤼크에게 접근했다. 뤼크는 나하고 '혀 굴리기'도 할 수 없는데 뭐 하러 먼 길을 오가느냐며 지난번 생일 파티에 오지 않은 애였다. 나는 여자아이들과 머리를 맞대고 뤼크가 말하는 '혀 굴리기'라는 게 도대체 뭘까 한참을 궁리했다. 이콘은 답을 알고 있었다. 그후로 나는 뤼크에게 키스 받을 날만 기다리는 동시에 뤼크가 정말로 키스를 해오면 어떡하나 초조하게 되었다. 제임스 딘의 대형사진에 대고 연습도 참 많이 했다. 포스터 속 제임스 딘과 달리 뤼크는 갈색머리에다 입체지만. 여행중에 엄마가 늘 내 옆에 붙어 있어서 감히 내게 접근할 엄두를 내지 못했던 뤼크는 엄마가 오귀스트 에밀리앵의 성격 개조에 몰두하고 있는 동안 내게 다시 관심을 보이기 시작했다. 나는 모처럼 찾아온 기회를 놓칠세라 그애한테 찰싹 달라붙었다. 하지만 이럴 수가! 내가 달라붙을수록 그애는 나를 본 척도 하지 않고 오히려 다른 여자애들한테 말을 거는 게 아닌가. 그 중에서도 특히 클로에에게. 그런데 클로에한테는 이미 임자가 있었다. 그가 소세레팽*에 살아서 둘이 방학 때나 되어야 만나는 사이지만. 그나마 방학을 이용한 연애도 점점 위태로워지고 있었다. 클로에의 부모님이 앙부아즈**에 집을 사는 바람에 목돈이 들어서 당분간 소세레팽으로 여름휴가를 갈 수 없게 된 것이다. 나는 계속 샐샐거리며 뤼크 옆에 붙어서 있었다. 다른 여자애한테 다가가려고 몸을 움직일 때마다 뤼크에게서 풍겨오는 멋진 냄새를 맘껏 들이마시며. 나는 아무렇지도 않은 척하려 했지만 슬퍼서 견딜 수가 없었다. 그러던 어느 날 저녁, 이름 모를(장차 알게 되겠지만) 분수 앞에서 피자를 먹고 있는데 엄마가 다가와서 넌지시 귀띔해주는 게 아닌가. 뤼크의 마음을 사로잡으려면 뤼크에게 너무 달라붙어선 안 된다고. 내 말 믿어. 네가 뤼크를 멀리할수록 뤼크는 널 쫓아올 거야. 그렇게 말하면서 엄마는 자리에서 일어났다. 그러고는 저만치서 내게 윙크를 해 보였다. 창피했다. 엄마가 결막염 같은 지저분한 눈병에 걸린 걸로 오해받을까봐 걱정스러웠다. 그래서 엄마가 계속 눈을 껌뻑거리지 않도록 바로 뤼크를 내버려두고 여자아이들 틈에 끼어들었다. 그러자 다시 엄마가 다가오더니 그러지 말고 앙투안한테 가보라고 했다. 나는 앙투안이 싫었지만 엄마가 시키

---

* 프랑스 북부 노르망디 지방에 있는 바닷가 휴양도시.
** 프랑스 중부 루아르 강 연안의 장관으로 유명한 도시.

는 대로 했다. 효과가 있었다. 아니, 효과만점이었다. 뤼크가 질투 어린 눈으로 계속 나만 바라보는 거였다. 엄마가 내게 다시 윙크를 해 보였다. 나는 좀 창피했지만 고맙다는 뜻으로 웃어주었다.

엄마는 약속대로 매일 밤 오락시간마다 아이들에게 노래를 가르쳐주었다. 하지만 며칠이 지나자 아이들은 엄마가 가르쳐준 노래 말고 각자 자기가 부르고 싶은 노래를 부르기 시작했다. 엄마는 듣기 좋다고 했다. 소음 공해 좀 그만 일으키라고 야단치는 탕기 선생님과는 완전히 딴판이었다. 어느 날 밤, 베네딕트라는 아이가 우울증 증세를 보이자 엄마는 이런저런 말로 그애를 위로해보더니 집에다 전화하라며 전화기를 가져다주었다. 학교 측에서는 수학여행 동안 학생들이 집에 전화하지 못하게 정해놓고 있었으므로 엄마는 교감 선생님 모리스 씨와 한바탕 입씨름을 벌여야 했다. 학칙을 위반하면 안 된다는 교감 선생님에게 엄마는 딱 잘라 말했다. 그럼 저애를 밤새 울게 내버려두실 건가요? 그 말에 아이들 중 사분의 삼이 박수를 보냈다. 나머지 사분의 일은 교감 선생님에게 야유를 보냈다. 아이들이 잘 자고 있는지 보려고 엄마가 객실을 돌아다닐 때마다 나는 좀 창피했다. 엄마가 굽 높은 슬리퍼를 신고 있었으므로. 하지만 아이들은 엄마의 발보다는 얼굴에 더 신경을 쓰는 것 같았다(그야 나도 바라는 바였지만). 그자비에란 녀석이 엄마더러 코 하나는 되게 크더라고 말하는 걸 들었으니까. 그 순간, 내 눈에는 눈물이 핑 돌았다. 하지만 바로 다음 순간 뤼크가 그자비에한테 머저리 같은 자식이라고 쏘아붙여줘서 나는 미소를 되찾을 수 있었다. 엄마의 인기는 계속해서 올라갔다. 특히 그 못된 표트르 녀석한테 웬 똥배가 그렇게 튀어나왔느냐고, 여행 온 이후로 화장실은 꼬박꼬박 잘 가고 있느냐고 물어본 후로는. 엄마의 말에 아이들은 일제히 웃음을 터뜨렸다. 나는 너무나 창피한 나머지 쥐구멍에라도 기어들어가고 싶은 심정이었지만, 아이들은 하나같이 '박치기 황제' 표트르를 미워하고 있었으므로 엄마를 '끝내주는 아줌마'라고 추켜세웠다. 그리고 그보다 더 멋진 칭찬의 말들이 계속해서 쏟아져나왔다.

엄마랑 함께한 즐거운 여행도 어느덧 막바지로 접어들었다. 아이들과 어울리느라 정신이 없던 엄마는 어쩌다 머리띠를 잃어버렸는데, 그후론 우리가 가르쳐준 대로 신발 끈을 머리띠 삼아 두르고 다녔다. 그러니까 엄마가 훨씬 예뻐 보였다. 나는 엄마에 대해 몇 가지 거짓말을 지어내서는 엄마 몰래 아이들에게 흘리고 다녔다. 엄마는 죽을병에 걸렸다고, 그래서 곧 세상을 뜰 거라고. 그렇게 생각하면 엄마가 우스꽝스런 짓을 해서 나를 창피하게 만드는 것도 다 용서할 수 있을 것 같았다. 나는 계속해서 아이들에게 이야기하고 다녔다. 엄마는 살면서 단 한 번도 행복한 적이 없었다고. 어려서는 아버지한테 겁탈당하고 커서는 어머니한테 두드려 맞고 결혼해서는 바람피우는 남편 때문에 속깨나 끓었다고. 거짓말 덕분에 나는 맘 편히 지낼 수 있었다. 아이들이 엄마의 손을 잡아주며 따스한 눈길로 바라봐주었으니까. 여행 마지막 날 밤, 엄마는 아이들에게 조그만 선물을 하나씩 나눠주었다. 아이들 하나하나를 떠올리며 정성들여 고른 선물들이었다. 그러고는 다 함께 한 방에서 아무렇게나 자도 좋다고 허락해주었다.

뤼크가 자기한테도 저런 엄마가 있었으면 좋겠다고 말하자 모두들 고개를 끄덕였다. 이윽고 뤼크가 내 입술에 키스를 했다. 모두들 지켜보는 가운데. 아무 생각도 나지 않았다. 뤼크가 키스해오면 이렇게 해야지 저렇게 해야지 오래도록 준비해왔건만. 눈을 감아야 한다는 생각도 뤼크의 목에 팔을 감아야 한다는 생각도 나지 않았다. 심지어는 뤼크가 입술을 떼면 입을 다물어야 한다는 생각조차도. 나는 입을 딱 벌리고 있었다. 내게 입 다물라고 말해줄 사람이 없었으므로.

아빠는 나쁜 사람 아냐, 엄마

엄마는 아름답다. 요람 위로 나를 굽어볼 때도 그랬고, 학교 앞 길모퉁이에 차를 세워놓고 나를 기다릴 때도 그랬다. 그로부터 이십여 년이 지나 카페에서 나를 기다리고 있는 지금도. 우리는 요즘 유행하는 대로 녹차를 마실 거다. 살 빼는 데 효과만점이라나. 엄마는 뺄 살도 없으면서. 그러다 뼈가 한두 개 녹아 없어지는 건 아닌지 몰라. 카페로 오면서 엄마를 봤다. 멍한 얼굴로 코트 앞자락을 단단히 여며쥔 채 길을 건너고 있던 엄마. 자신이 자신으로부터 빠져나갈까봐 두렵기라도 한 것 같았다. 엄마의 뱃속에 똬리를 틀고 있는 그 두려움이 얼마나 생생하게 느껴지던지. 나는 걸음을 늦추었다. 엄마가 먼저 카페에 도착할 수 있도록. 엄마는 늘 나보다 먼저 자리잡고 앉아 있는 모습만 보여주고 싶어하니까. 빛 잘 드는 자리에 앉아서 멋진 옆모습을 보이고 싶어하니까. 학창시절 엄마는 미의 여왕에 선발되기도 했다는데, 과연 그럴 만하다. 엄마는 맨 안쪽 자리에 앉아 있다. 그래야 마음이 편하겠지. 차를 마시고 나면 엄마랑 나는 수영을 하러 갈 거다.

내 볼에 입을 맞추는 엄마. 그 눈 속에서 조그만 파리 한 마리가 춤을 추기 시작한다. 내가 도착하기 전부터 엄마는 그 춤에 장단 맞출 준비를 하고 있었다. 무슨 일이 닥치지나 않을까 불안하게 앞뒤 양옆을 살펴보며(독침이 날아오지 않을까? 칼날이 머리 위로 떨어지는 건 아닐까? 아니 누군가 뒤에서 활을 겨누고 있는지도 몰라). 엄마는 너무나 야위어서 뒤를 돌아볼 때면 옷자락이 허리에 친친 감길 지경이다. 어디서 위험이 닥칠지 몰라 사방을 두리번거리고 있지만 사실 그 위험은 엄마 안에 도사리고 있다. 나는 그걸 안다. 엄마는 모르고 있지만. 적어도 지금은 그 사실을 모른 채 주위를 둘러보고 있다(언제 무슨 일이 닥칠지 어떻게 안담?). 카페에 막 자리를 잡고 앉았을 때 엄마는 늘 그렇다. 시간이 좀 지나야 마음을 가라앉히고 차를 마시기 시작한다. 뜨거운 차가 몸과 마음을 덥혀주고 나면 엄마는 그때야 한숨 돌린다. 우리 모녀는 그렇게 카페에 함께 앉아 있다. 응, 사람 불러다가 창문 고치고 보험회사에도 연락했어. 예방접종도 받았고. 그럼, 새 주소도 등록했지. 엄마는 머리칼에 힘이 하나도 없어서 걱정이란다. 머리숱이 많아서 나처럼 기르고 다닐 수 있으면 좋겠다나. 나이가 나이다보니 짧은 커트머리를 하고 있긴 하지만…… 엄마는 말을 잇는다. 네 아버지가 보기 좋다니까 어쩌겠니. 이것 봐라, 목주름이 다 드러나 보이지? 나는 엄마에게 목에 살집이 없는데 무슨 주름이 지겠느냐고 말한다. 하지만 그건 거짓말이다. 엄마의 곧고 긴 목에는 잔주름이 목걸이 모양으로 죽 그어져 있다. 엄마는 내 스웨터를 어루만지며 참 포근해 보인다고 말한다. 그러고는 새로 샀느냐고, 손질하기 힘들지 않느냐고 물어본다. 나는 엄마에게 대신 세탁해달라고 부탁한다. 그 말에 엄마는 기분이 아주 좋아진 듯하다. 물론 내 짐작이긴 하지만. 나는 가죽점퍼며 벨벳바지를 손질하는 것도 엄마에게 맡길 작정이다. 난 그런 일엔 젬병이니까. 엄마는 나한테 그런 것도 알아두면 다 쓸모가 있다고 말하지만 어쨌든 엄마가 나보다 백배는 더 잘할 텐데 뭐. 엄마는 요즘 소설 한 권을 두고 읽을까 말까 망설이는 중이란다. 친구가 권해준 책인데 너무 비극적인 내용이라 읽고 나서 마음이 아플까 걱정된다나. 나는 엄마에게 용기를 북돋워준다. 가끔 그런 강렬한 감정을 느껴보는 것도 괜찮다고, 날이면 날마다 그럴 수 있는 것도 아니잖느냐고. 나는 엄마한테 책 제목을 물어본 다음 다 읽고 나서 나한테 그 책을 빌

려달라고 한다. 둘이 함께 그 책에 대해 이야기해보는 게 어떻겠냐고 물어보니까 엄마는 반색을 한다. '내가 어린아이라면 잠들기 전 엄마에게 그 책을 읽어달라고 할 텐데.'

엄마는 선 채로 수다를 떨고 있는 엄마 또래의 아주머니 두 사람을 흘긋 쳐다본 다음 혼잣말처럼 중얼거린다. 돌아오는 토요일에 대녀의 결혼식이 있는데 가야 할지 말아야 할지 모르겠다고. 시골 결혼식은 정말 짜증스럽다니까. 진창에 발이나 흠뻑 적시고. 내가 춤도 출 수 있고 재밌지 않겠느냐고 하니까 엄마는 그런 게 뭐가 재밌냐고 하면서 도대체 끝날 기미가 보이지 않는 피로연이며 결혼선물(손잡이에 꼬임무늬가 새겨진 파이용 주걱)을 받고도 고맙다는 인사조차 하지 않는 신랑신부며 퉁명스럽기 짝이 없는 결혼식 안내인 등등을 들먹인다. 그러고는 아빤 이번 결혼식에 멋진 회색 양복을 입고 갈 거라고 덧붙인다.

응, 남자친구랑은 잘 지내고 있어. 엄마는 내 남자친구를 몹시 보고 싶어한다. 집에 데려와. 네가 좋아하는 케이크를 구워서 함께 차를, 녹차를 마시자. 아니면 와인을 한잔 하든지. 저녁을 먹어도 좋겠지. 엄마가 내 남자친구에게 어떤 이야기를 할지 뻔하다. 어릴 때 내가 인형놀이를 하면서 인형에게 아빠가 있다고 상상하곤 했는데, 그 아빠의 이름이 바로 그 친구의 이름이라고 하겠지. 나는 좀 짜증이 날 테고, 아빤 씩 웃으면서 어깨를 한번 으쓱거리고 말겠지. 그게 뭐 어쨌다는 거야? 라는 듯이. 응, 그 친구랑 잘 지내고는 있는데, 뭐 그리 오래갈 사이는 아닌 것 같아. 엄마가 배시시 웃으며 물어온다. 너무 잘 지내는 거 아냐? 권태기에 빠진 거지, 그렇지? '그래, 바로 그거야. 엄마 난 말이야, 거짓으로라도 권태에 빠져야 해. 엄마를 위해, 엄마랑 똑같이, 권태에 빠지고 싶어. 그것도 하루 종일. 엄마랑 이렇게 차 마실 때만 빼고.'

엄마가 재채기를 한다. 발작적으로. 쉴 새 없이. 가슴팍을 움켜쥔 엄마의 눈 속에서 파리가 다시 춤을 추기 시작한다. 엄마의 눈동자는 멍하니 누군가의 도움을 기다리고 있다. 내가 엄마보다 더 심하게 재채기를 해대자 그때서야 엄마의 눈은 탐색전을 접는다. 눈물이 그렁그렁한 눈으로 온몸을 떨어대던 엄마가 재채기를 그치고 내게 물어온다. 웬 재채기를 그리 심하게 하느냐고. 하지만 나는 캑캑거리느라 대답조차 할 수가 없다. 발작적인 재채기 때문에 얼굴이 발개진 엄마는 배시시 웃으며 내게 물을 건네준다. 그러고는 내 손을 잡고 손가락들 하나하나를 어루만진다. 목에 뭐가 걸렸니? 아니. 엄마는 몸이 그 지경인데 수영을 하러 가는 건 무리라고 말한다. 담배를 피우는 건 아니지? 피우지 않기로 엄마랑 약속했잖아?

나는 수영을 하러 가야 한다고 우긴다. 오래 전부터 약속한 일이니까 지켜야 한다고. 엄마는 내 수영가방이 참 웃기게 생겼다고 말하고는 가방을 요모조모 뜯어보고 이 귀퉁이 저 귀퉁이를 잡아당겨본 다음 가방을 두 손으로 받쳐 들고 무게를 가늠해본다. 너한텐 너무 무거운 거 아니니? 엄마가 팔짱을 껴온다. 우리는 웬 옷가게의 진열창 앞에 멈춰 선다. 거기 걸려 있는 치마가 엄마의 마음에 들었으므로. 엄마의 눈 속에서 춤추던 파리가 어느새 잠들어 있다. 엄마는 아주 좋아라 한다. 이거 내가 늘 사고 싶었던 치마야. 골반에 걸쳐입게 돼 있는데다 밑단이 살짝 퍼져 있고 거기다 천도 하늘하늘하네. 이윽고 우리는 옷가게 안으로 들어간다. 하지만 잠들었던 파리가 다시 깨어난다. 엄만 점원한테 말을 붙이기가 힘들다. '정 힘들면 내가 대신해줄게.' 치마도 별로인 것 같다. 너무 짧아. 내 나이에 이런 걸 입고 다니면 꼴불견일 거야. '나이 타령 좀 그만하라니까.' 그런데다 점원은 엄마를 건성으로 대한다. 연신 다른 손님의 말에 대답해가며. 엄마가 나를 부른다. 얘, 나가자. 어차피 저 치마는 나한테 어울리지도 않는데 뭐.

우리는 나란히 수영장의 물살을 가르며 헤엄을 친다. 나는 엄마보다 앞서겠다 싶으면 얼른 속도를 늦춘다. 내가 어렸을 때처럼 엄마가 나를 이길 수 있도록. 그땐 늘 나를 이기기만 하는 엄마를 원망했더랬다. 나는 숨을 헐떡거리며 엄마에게 말한다. 더는 못하겠다고. 이 수영장은 왜 이리 넓어빠져서 사람을 지치게 만드느냐고. 내가 수영장 모서리를 붙들고 우두커니 서 있는 동안 엄마는 물살을 가르면 가를수록 힘이 솟는지 쉴 새 없이 수영장의 양 끝을 오락가락한다. 나보다 훨씬 더 오래 헤엄칠 수 있다는 게 못내 자랑스럽다는 듯. 이제 엄마는 물 위에 누워 팔을 힘차게 뒤로 내뻗고 있다. 엄마가 동작을 멈춘다. 나는 계속했으면 하는 마음에 엄마에게 똑바로 누워 배영하는 법을 가르쳐달라고 한다. 엄마는 비법을 말해준다. 엄마의 눈 속에서 춤추던 파리는 어느새 잠들어 있다. 엄마는 내게 같이 해보자고, 자기가 하는 대로 따라하기만 하면 된다고 말한다. '엄마를 따라하는데, 엄마만큼 잘할 순 없어.' 봐, 이렇게 팔을 뒤로 쭉 뻗고 귀가 물에 잠기도록 머리를 물속에 집어넣어. 머리가 물 밖으로 나오면 안 돼. 네 귀에 네 숨소리가 들려야 해. 이제 알겠지? '아니, 엄마, 하나도 모르겠어.' 엄마의 무릎은 뼈가 울퉁불퉁 불거져 있다. 뒤꿈치엔 핏줄이 눈에 띌 듯 말 듯 뭉개진 채 도드라져 보인다. 살면서 겪은 이런저런 고통들에 짓눌린 걸까. 그것들은 엄마의 발걸음도 조금씩 조금씩 짓누르고 있다. 엄청난 불운을 겪은 적도, 크게 맘 상한 적도 없었지만 엄마의 머릿속엔 늘 폭풍이 몰아쳐 엄마를 잠시도 가만있지 못하게 들쑤신다. 내가 집을 떠난 후로 엄마는 시간이 흐르는 걸 우두커니 지켜보고만 있다. 남아 있는 시간들을 어떻게 해야 할지 모르는 채로. 엄마는 틈만 나면 아빠한테 이렇게 말한다. 십 년만 지나면 다 끝이야. 우리도, 우리가 함께해온 삶도 모두. 그러면 아빠 기어이 엄마를 울려놓을 셈인지 이렇게 대꾸한다. 십 년이나 기다릴 거 뭐 있냐고, 지금이라도 당장 다 끝내버릴 수 있다고.

엄마의 눈에서 빛이 꺼지고 그 자리에 파리가 들어앉는다. 다시 한번 엄마를 감싸고 있던 빛이 꺼지고 엄마는 어쩔 줄 모른 채 안절부절못한다. 어떡하지? 엄마는 파리 때문에 시야가 흐려질 때면 막막하고 지루하고 불안해서 어쩔 줄 모른다. 탈의실에서 엄마는 아무래도 다발성경화증이나 골수염이나 오십견이 온 것 같다고 말한다. 맞아, 그러면 시력에도 이상이 올 수 있다고 했어. 엄마는 확신에 차 있다. 나는 아닐 거라고 말할 엄두가 나지 않는다. 엄마가 마음 상해할까봐. 이럴 때 엄마를 기쁘게 하는 방법은 더 지독한 병을 찾아내 일러주는 것뿐이다. 뇌종양은 아니었으면 좋겠어, 엄마. 그러자 엄마는 배시시 웃는다. 맞붙을 대상이 생겼으므로. 어쨌거나 엄마는 넓디넓은 수영장을 지치지도 않고 몇 번이나 헤엄쳐 가로질렀다. 내 눈으로 똑똑히 봤다.

싸움은 이미 시작되었다. 엄마는 절대 포기하지 않을 거다.

"네 아빠가 어떻게 지내는지는 알고 있니?"

탈의실을 나서며 엄마가 묻는다.

응, 엄마 몰래 바람피운다는 거 알고 있어. 하지만 아빤 그렇게 나쁜 사람은 아니야. 서른 살짜리 독신녀랑 그런 적도 있는데, 아빠가 독일로 출장 간다고 했을 때 그런 거야. 그때 아빤 이탈리아에서 그 여자를 만나고 있었지. 시상식 때 그 여자도 왔었어. 머리에 스카프를 두르고 울적한 표정으로 엄마를 지켜보고 있더군. 엄만 그때 노란 드레스를 입고 있었지. 아, 지금은 다 끝난 얘기야. 그 여자가 아빠를 차버렸거든. 정말이지 아빤 나쁜 사람 아냐, 엄마.

"정말 알고 있어? 지레짐작으로 그러는 거 아냐? 한번 말해봐, 뭘 알고 있는지."

엄마가 내게 물어온다.

엄마의 눈 속에서는 파리가 다시 춤을 추기 시작한다. 정말 시도 때도 없다니까. 우리는 함께 거리를 걷는다. 엄마가 내게 팔짱을 끼며 둘이서 오랜만에 한잔 하고 가는 게 어떻겠냐고 묻는다.

"그냥 짐작이지? 빨리 말해봐!"

엄마는 울먹이고 있다.

"왜 그래? 울지 마. 별일 아니니까."

엄마가 고개를 끄덕인다. 그러자 파리가 눈에서 떨어져나간다. 엄마는 슬퍼서 우는 게 아니라고, 그저 감정이 좀 북받쳤을 뿐이라고 말한 다음 내게 묻는다.

"한번 맞혀볼래? 내가 아빠의 생일선물로 뭘 준비했는지? 없는 게 없는 아빠의 마음에 쏙 들 만한 선물이 도대체 뭘까?"

그럼, 엄마가 떠나는 거. 엄마는 아빠를 떠나려 하고 있는 거야. 뱃속엔 두려움이 똬리를 틀고 있지만, 그래도 당당하게 떠나고 싶겠지. 고개를 곧추세우고. 아내의 자리를 다른 여자에게 넘겨주고 떠나는 것만으로도 아빠한테는 큰 선물이 될 거라고 생각하는 거겠지. 단지 그것만으로도. 그 아비에 그 딸이라고 나도 아빠랑 한통속이라고 생각하고 있을 거야. 늘 아빠를 감싸려 들었으니까. 하지만 그건 엄마를 위해서였어. 엄마를 보호해주고 싶어서 그런 거라고. 지난여름에 말이야, 그 여자가 우리집에서 엎어지면 코 닿는 데 묵으며(길모퉁이에 있는 조그만 호텔 알지?) 몰래 아빨 만나고 있다는 걸 엄마한테 일러바쳤으면 도대체 어떤 일이 벌어졌을까? 기억나지? 아빠가 한번 집에서 나가면 좀처럼 돌아오지 않던 거? 그때마다 엄만 이렇게 말했지. 다행이라고, 휴가철에라도 그렇게 바람을 쐬야 한다고. 나는 엄마가 아무것도 보지 못하게 품에 꼭 끌어안고 눈을 가려주고 싶었어. 하지만 엄마는 결국 다 보고 만 거야, 그렇지?

나는 엄마에게서 떠날 거라느니 어쩔 거라느니 하는 소리를 듣고 싶지 않다. 내가 떠나고 나서 집안이 풍비박산 나는 꼴은 보고 싶지 않다. 엄마와 아빠가 함께하지 않는 집은 곧 무너지고 말겠지. 두 사람이 다시 뭉치게 만들어야 한다. 혹시 사고를 내면 어떨까? 나는 어차피 사는 게 지겹다. 늘 내게만 미소를 지어 보이고 엄마는 죽도록 괴롭히는 운명의 여신이 밉다. 파리가 엄마의 눈에서 튀어나와 내 뺨에 내려앉는다. 나는 녀석을 쫓아내려고 내 뺨을 철썩 때린다. 엄마는 눈이 휘둥그레져서 내가 내 따귀를 갈기는 모습을 쳐다본다. 별안간 엄마가 아주 기분이 좋아 보인다.

나 이제 가봐야 해, 갈게. 엄마는 조금만 더 함께 있어달라고 한다. 안 돼, 너무 늦었어. 얘, 말할 게 있다니까! 엄마는 허둥지둥 나를 쫓아온다. (아, 안 돼, 말하지 마.) 엄마도 알고 있잖아. 여자들이 전화를 걸어서 아빠를 찾을 때마다 내가 아빠를 감싸려 든 거. 아니, 사실 누구를 감싸려 한 건지 모르겠어. 엄마인지 아빠인지. 어쨌든 그때마다 나는 아빠한테 가서 별일 아니라는 듯 조용히 말했지. 아빠, 회사에서 전화 왔어. 그러면 엄마는 부엌에서 일을 하다 말고 이렇게 말했지. 회사에선 참 시도 때도 없이 전화를 걸어댄다고. 아빠가 여자랑 통화를 하는 동안 나는 일부러 음악을 크게 틀어놨어. 아빠가 여자한테 한번 만나지? 라거나 난 당신 생각뿐이야, 라고 말하는 소리가 엄마한테 들리지 않도록.

엄마가 내 팔을 붙들더니 왜 그러느냐고 묻는다. 어딜 그렇게 달려가니? 뛰긴 누가 뛴다고 그래, 좀 빨리 걸어가는 것뿐이야, 급히 갈 데가 있거든. 얘, 말할 시간 좀 달라니까. (아, 안 돼, 말하지 마.) 맞아, 요전에 아빠가 복도 청소하는 아줌마의 허리를 끌어안고 있는 것도 봤어. 비록 한 팔만 두르고 있긴 했지만. 나는 얼른 엄마 곁으로 갔지. 엄마가 그 광경을 보지 못하도록. 나는 잽싸게 엄마의 볼에 입을 맞춘 다음 부리나케 달아난다. 엄마는 고함을 지르다시피 말한다. 온 얼굴에 웃음꽃이 핀 채.

"네 아빠랑 등대에서 하룻밤을 보내기로 했어! 등대지기한테 허락을 받아냈단다! 네 아빠도 좋아라 하겠지? 정말이지 등대지기한테 허락을 받아내느라 얼마나 힘들었는지 몰라! 어쨌든 둘이 등대 위에서 잠들 생각을 하면! 그것도 단둘이서만! 그 높은 등대에서!"

파리가 내 머리에 내려앉는다. 엄마는 계속 내 뒤를 쫓아오고 있다. 파리가 엄마한테 옮겨가면 안 된다. 엄마는 아빠랑 단 둘이서 등대에 가야 하니까. 이제 녀석은 내 귓속을 파고든다. 엄마랑 아빠는 늘 함께해야 한다. 평생토록. 두 사람이 헤어져서는 안 된다. 세상에는 부부 사이를 가깝게 해주는 일들이 얼마든지 있다. 그걸 찾아내기만 하면 된다.

엄마가 나를 막 붙들려는 순간, 나는 돌아보지 않고 길을 건넌다.

맞대응

왜 딸아이가 그렇게 난폭해졌는지 모르겠다. 가정폭력 상담 기관에 전화를 했더니 앞으로 두 달 동안 상담 일정이 꽉 차 있단다. 딸아이의 폭력에 시달리는 엄마들이 생각보다 많은 모양이다. 상담기관에서는 본격적인 심리치료를 받기 전에 피상담자들을 위한 예비교육에 한번 참여해보라고, 교육 주제는 내 문제와 아무 상관 없지만 곤경에 빠진 여자들과 이야기를 나누다보면 마음이 좀 안정될 거라고 했다. 그렇게 해서 나는 '남자에게 맞지 않고 여자로서 맞서는 법'이라는 교육과정에 등록했다. 공짜인데다 교육을 받는 동안만큼은 딸아이한테 휘둘리지 않아도 되니까. 아이의 아빠는 다른 여자와 눈이 맞아서 집을 나갔다. 참으로 알 수 없는 게 남녀관계라더니, 상대는 나이가 많고 직업이 없는 걸로 모자라 아이도 셋이나 딸린데다 개까지 두 마리씩이나 기르고 있는 한심한 여편네였다. 딸아이는 그 여자가 좋단다. 케이크를 잘 굽는대나 어쨌대나.

　남편과 헤어진 건 어쩌면 잘한 일인지도 몰랐다. 딸아이가 쌈닭으로 돌변하지만 않았다면. 나는 부모의 이혼으로 인해 아이가 받았을 마음의 상처를 생각해서 될 수 있으면 아이를 감싸주려 했다. 아이가 화를 낼 때면 아빠가 그리워서 저러겠거니 생각하며 그 분풀이를 다 받아주었다. 딸아이의 성적은 뚝뚝 떨어졌다. 아이는 머리가 지끈거린다느니 뱃속이 뒤틀린다느니 갖은 핑계를 대며 학교에도 가지 않고 집 안에서 뒹굴었다. 아이가 하루 종일 텔레비전 앞에 말뚝을 박고 있어도 온 동네가 떠나가라 음악을 틀어놔도 나는 아이를 나무라지 않았다. 내가 이혼 당한 아픔을 딛고 일어서는 동안 아이도 아빠와 헤어진 슬픔을 이겨내리라 생각하면서. 따지고 보면 남편한테 버림받은 건 딸아이가 아니라 나였으니까. 그러던 어느 날, 나는 나날이 엉망으로 변해가고 있는 집안 꼴을 원래대로 돌려놓으리라 마음먹었다. 특히 딸아이의 방이 문제였는데, 아이는 그 난장판에 발도 들여놓지 못하게 했다.

　"내가 네 방을 치워주는 게 싫으면 네가 알아서 치워야지. 너만의 공간을 갖고 싶으면 그 공간을 존중할 줄도 알아야 해."

"쓸데없는 잔소리 좀 집어치우지 그래?"

잡지에서 '결손 가정의 청소년들을 다루는 법' 같은 기사를 많이 읽어본 나는 심리치료사의 충고를 그대로 실행에 옮겼다.

"애는 엄마를 무슨 원수 보듯 하니? 많이 힘들지? 나도 안다. 엄마도 너처럼 사춘기를 보내기가 무척이나 힘들었단다. 어쨌든 (심리치료사는 말을 이어나갈 때 적절한 접속사를 쓰는 게 무엇보다 중요하다고, 경첩이 잘 맞아야 문이 잘 열리고 닫히듯 접속사가 제자리에 들어가야 아이들은 어른의 말이 논리적이라는 것을 인정하게 된다고 했다) 우리는 한 지붕 아래 살고 있잖니. 그러면 지킬 건 지키면서 살아가야지. 엄마에 대한 예의라든지 또…… (나는 거기서 말이 막혀버렸다) 방청소 좀 해. 냄새가 나서 못 견디겠다."

"나한테 명령 따윈 하지 마. 여긴 내 집이야."

"네 집이기도 하지만 내 집이기도 하지. 내가 집을 마구 어지르고 다니면 넌 기분이 좋겠니?"

"그러든 말든 무슨 상관이야."

"내 말 잘 들어. 별로 알아듣기 어려운 말도 아니니까. 둘 중에 하나를 택해. 기분 좋게 엄마 말에 따라주든가 그러지 않고 벌을 받든가. 이제부턴 나도 규칙대로 할 거야."

"한번 해보시지, 잡년 같으니."

그런 욕을 들었을 때 어떻게 대처해야 하는지 잡지에선 읽어
본 기억이 없었다. 나는 그 심리치료사라면 어떻게 했을까 머리
를 굴려보았다. 분명 나보다는 이런 일에 조예가 깊은 사람이니
까. 나는 나름대로 재빨리 맞받아쳤다.

"잡 뭐라고?"

"잡년! 잡년의 잔소리! 잡년의 집구석!"

딸아이는 제 방으로 뛰어들었다. 그러잖아도 그러라고 시킬
참이었는데. 하긴 그랬던들 무슨 소용이 있었을까. 심리치료사
에 따르면 그런 벌은 만 12세 미만의 아동에게만 효과가 있다고
하는데, 내 딸아이는 곧 만 열여섯 살이 아닌가. 나는 홀로 식탁
에 앉아 딸아이의 빈자리를 마주 보며 저녁을 먹었다. 딸아이가
커가던 모습이 새록새록 떠올랐다. 아련한 향수에 젖은 나는 라
디오를 켰다. 자식에게 맞고 사는 엄마의 사연이 소개되고 있었
다. 나는 웃음을 터뜨렸다. 어쩌면 저렇게 쉽게 당하고 살까. 바
로 그때 딸아이가 부엌에 들이닥치더니 냉장고를 열고 거위 간
을 꺼내들었다. 제 생일날 주려고 사놓은 것이었다.

"부탁이니 그 거위 간 도로 냉장고에 넣어두련? 오늘 저녁거

리로 사놓은 게 아니란다."

"내 생일날 먹으려고 사놓은 거 아냐? 그러니 내 꺼 아냐? 그
러니 난 이걸 먹을 거야. 잔소리 따윈 집어치워. 설마하니 내가
이 집구석에서 내 생일을 말아먹을 거라고 생각하는 건 아니겠
지, 내 소중한 생일을!"

"거위 간을 냉장고에 넣어두고 네 방으로 돌아가. 오늘 저녁
엔 네 얼굴을 더 보고 싶지 않다."

"잘됐네, 피장파장이니까!"

딸아이는 쌩 소리 나게 부엌에서 나가더니 거실의 소파에 진
을 치고 앉았다. 손에는 여전히 거위 간이 들려 있었다. 나는 이
난국을 어떻게 타개해나갈지 몰라 막막하기만 했다. 겨자를 잘
못 삼켰는지 코가 시큰거리며 눈물이 나려 했다. 나는 심리치료
사의 충고 따윈 머리에서 지워버리고 내 방식에 따라 밀어붙이
기로 마음먹었다. 어차피 이런 극단적인 경우에 대해서 심리치
료사는 어떤 언급도 하지 않았으므로. 나는 거실로 가서 텔레비
전부터 껐다. 딸아이가 리모콘으로 텔레비전을 다시 켰다. 나는
텔레비전 앞에 버티고 섰다. 딸아이가 나더러 고물상이나 차리
라며 빈정댔다. 나는 아이의 손에서 거위 간을 낚아챈 다음 손가
락으로 아이의 방을 가리켰다. 딸아이는 화병을 집어들더니 바

닥에 내동댕이쳤다. 내가 히스테리 발작 일으키지 말라고 하니까 아이는 울음 섞인 목소리로 욕을 한바탕 퍼부은 다음 제 방으로 가서 쾅 소리 나게 문을 닫았다. 내가 이겼다.

휴전은 오래가지 않았다. 딸아이는 엉덩이를 가린답시고 허리에 스카프를 두르고(그래봤자 잘 가려지지도 않았지만) 바비더플백*을 둘러멘 차림새로 방에서 나오더니 현관문을 열고 그대로 나가버렸다. 그러잖아도 거위 간 때문에 마음 한구석이 찜찜한데 딸아이의 바닐라 향수 냄새가 코를 찔렀다(그 냄새라면 세상 끝까지 달아난다 해도 개 떼를 풀어 추적해낼 수 있을 것 같다. 단, 개 떼가 그 냄새를 너무 역겨워하지만 않는다면). 나는 물을 한 바가지 받아들고는 창가로 달려가 막 아파트 출입구를 벗어나고 있는 딸아이에게 들이부었다. 아이가 놀라서 정신을 못 차리고 있는 사이 나는 잽싸게 계단을 뛰어 내려가 아이를 끌고 집으로 돌아왔다. 내가 팔을 잡아끄니까 아이는 끌려가지 않으려고 온몸을 버둥거리며 악을 써댔다. 자기를 죽이려 했다고. 물벼락을 맞은 딸아이에게선 바닐라 향수 냄새가 한결 독하게 풍겨왔다. 나는 마치 사춘기 시절로 돌아간 것 같은 기분에

---

* 벨기에산의 거친 방모 직물로 만든 가방.

아이에게 장난치듯 대꾸했다. 누굴 바보로 아느냐고.

그후로 며칠 사이에 우리 둘 사이는 급속도로 냉각되어 갔다. 나는 딸아이가 뭘 하든 참견하지 않기로 했고, 그러자 만사가 쉽게 풀려나갔다. 둘이 같이 살아도 문제가 없겠구나 싶을 정도로. 그러던 어느 날, 나는 아이가 학교에 간 사이 아이의 방을 청소했다. 휴지조각이나 몇 개 버렸을 뿐 제 물건엔 손도 대지 않았고, 종이쪽지에 써놓은 글도 읽지 않았다. 하지만 학교에서 돌아와 제 방을 둘러본 아이는 기어이 나한테 덤벼들었다. 그리고 마구 주먹질을 해댔다.

그렇게 해서 나는 가정폭력 상담기관에서 마련한 피해자용 예비교육 과정 '남자에게 맞지 않고 여자로서 맞서는 법'에 참여하게 된 거였다. 참석자들은 나만 빼고 다들 남편에게 맞고 사는 여자들이었다. 딸한테 맞고 산다는 얘기를 털어놓자니 어찌나 남세스럽던지. 내 얘기를 들은 여자들은 각자 한마디씩 충고를 해주었다.

"아이를 기숙사에 집어넣지 그러세요."

"아이 아빠한테 털어놔봐요."

"언제 한번 날을 잡아서 흠씬 두들겨 패버려요."

"밥을 해주지 말아요. 기운이 빠지면 관두겠지."

하나같이 내 얘기를 듣고는 기겁을 하는 눈치였다. 개중 한 사람은 그게 다 내 성격 탓이라고 했다. 아이의 행동에 맞서지 않고 묵묵히 받아들이기만 하는 게 문제란다. 내 마음을 상하게 했을까 염려스러웠던지 그이는 내 팔을 툭 치며 이렇게 덧붙였다. 댁이 그걸 모르고 있으니 어쩌겠어요.

그 말에 귀 기울인 내가 바보지. 내 성격 운운하던 이는 딸아이의 행동에 어떻게 대처해야 하는지 깁스 위에다 적어주기까지 했다. 하지만 며칠 안 가 아무 짝에도 소용없는 짓이었다는 게 드러나고 말았다. 어제 딸아이의 주먹에 내 코가 박살난 것만 봐도. 나는 거실에서 청소기를 돌리고 있었다. 그런데 딸아이가 갑자기 청소기의 코드를 확 뽑아버리는 게 아닌가. 시끄러워 못살겠다면서. 그렇겠거니 싶어서 나는 다시 청소기를 돌리지 않았다. 그리고 내일 돌릴 생각으로 청소기를 집어넣지 않았다.

"그거 안 집어넣어?"

딸아이가 소리쳤다.

"아이, 뭐 하러 집어넣니. 내일 다시 돌릴 텐데."

"집어넣어. 집 안을 마구 어지르고 다니지 좀 마."

난 피식 웃음이 나왔다. 아이가 나를 흉내내며 장난친다고 생각했던 것이다. 오산이었다. 아이는 그렇게 실실 웃고 있으니까

등신 같아 보인다며 그 바보 같은 표정을 더는 짓지 못하게 만들어주겠다고 으르렁대더니 내 얼굴 한복판에 주먹을 날렸다. 숨 돌릴 새도 없이 코에서 피가 줄줄 흘러내렸다. 응급실로 달려가는 내게 딸아이는 물벼락을 뒤집어씌운 다음 조지 클루니나 한번 데려와보라고 바락바락 악을 써댔다.[*]

'남자에게 맞지 않고 여자로서 맞서는 법'을 배우기 위해 모인 여자들은 내 얘기에 한편으로는 머리를 끄덕이면서 다른 한편으로는 머리를 가로저었다. 집을 떠나라는 그네들의 말에 나는 어떤 일이 있어도 절대 그럴 수 없다고 대답했다. 나는 내 집이 좋다. 가발을 뒤집어쓰고(혹은 염색을 하고) 가명을 쓰며 복지시설 같은 데서 여생을 보내고 싶은 마음은 추호도 없다. 나는 교육이 끝나는 대로 집으로 돌아갈 생각이었다. 눈알이 뽑혀나가거나 나머지 팔이 부러진다 해도. 후각을 잃어버린 건 어쩌면 잘된 일인지도 몰랐다. 딸아이는 그 역겨운 바닐라 향수만 악착같이 뿌려대고 있었으니까. 어쨌든 나는 교육과정에 모인 여자들 덕분에 한 가지 희망을 품게 되었다. 대화와 행동이라는 두 방법을 교대로 사용하면 그나마 딸아이와 좀더 나은 관계를 맺을 수 있지 않을까 하는 기대였다. 나는 저녁식사가 끝나기를 기

[*] 조지 클루니는 종합병원 레지던트들의 고달픈 생활을 그린 미국의 인기 드라마 〈ER〉에서 매력적이고 여자에 약한 소아과의사로 나온 바 있다.

다렸다가 (그때껏 계속 켜져 있던 텔레비전을 끌 엄두는 차마 내지 못한 채) 딸아이를 향해 말하기 시작했다. 나는 한번 부딪쳐볼 작정이었다. 내 성격의 문제점을 지적해주었던 안발레리의 목소리가 귓가에 쟁쟁했다. 일단 부딪쳐보는 거예요. 잠시 후면 그네가 전화를 걸어와 물어볼 것이다. 내가 어떻게 대처했는지.

"기숙사에 들어가고 싶니?"

나는 착 가라앉은 목소리로 딸아이에게 물어보았다.

"뭐야, 또? 말 시키지 마."

"다음 학기부터 기숙사에서 살게 해줄게. 더는 우리 둘이 한 지붕 아래 살기 힘들 것 같다. 시골에 있는 깨끗한 기숙사를 알아봐줄게, 괜찮겠지?"

"타히티에 가서 한번 알아보시지. 자, 이제 고만 좀 떠들어. 경고했어."

말을 끝맺기 무섭게 딸아이는 자리에서 벌떡 일어나더니 내가 앉아 있던 의자를 확 밀어버렸다. 설마하니 나를 바닥에 패대기치려고 그런 건 아닐 것이다. 하지만 한쪽 팔에 깁스를 하고 있던 나는 중심을 잡지 못한 채 모로 쓰러졌고 그 서슬에 성한 팔마저 내 몸뚱이에 깔려 으스러져버렸다. 내가 비명을 지르자 딸아이는 입 닫으라고 고함을 지른 뒤 쾅 하고 방문을 닫아버렸다.

양 팔에 깁스를 하고 보니 교육과정이고 뭐고 참석할 엄두가 나지 않았다. 그런 데 나가느니 차라리 주먹질하는 법을 배우는 게 낫겠다는 생각마저 들었다. 희한하게도 바깥세상이 점점 무서워지기 시작했다. 나는 마침내 덧창이란 덧창은 모조리 내리고 방문도 잠가버렸다. 그렇게 갇혀 산 지 벌써 한 달째다. 딸아이가 현관문에 열쇠를 넣고 돌리는 소리가 들려오면 나는 쏜살같이 내 방으로 뛰어든다. 그러다 넘어져 다치면 큰일이겠지만. 나는 저녁을 미리 준비해서 식탁에 차려놓는다. 야수를 굶주리게 하면 안 되니까. 아이가 식사를 마치면 나는 설거지를 한다 (가끔 안 할 때도 있다). 그러고 나서 나는 방문에 소파로 바리케이드를 친 채 거기 앉아 딸아이의 기척을 살핀다. 딸아이는 쾅 소리 나게 제 방문을 닫았다가 다시 열어서는 또 한번 벼락 치는 소리를 내며 닫는다. 아주 재미가 나는 모양이다. 그럴 때면 아래층에서 대걸레 자루로 천장을 쿵쿵 두드려댄다. 하지만 내가 아래층 사람을 위해 해줄 수 있는 일은 아무것도 없다. 올라와서 날 좀 구해달라고 전화를 거는 일이라면 모를까.

"나와봐! 할 일이 있으니까!"
어느 날 오후 학교에 가 있는 줄 알았던 딸아이가 방문 앞에서 버럭 고함을 지른다.

"난 지금 좀 쉬어야 하는데, 무슨 일이니?"

나는 가능한 한 침착하고 태연한 목소리를 유지하려 애쓰며 물어보았다. 하지만 내 몸은 방문 앞에서 슬금슬금 물러나고 있었으며 내 손은 얼굴 쪽으로 향하고 있었다.

"바짓단 좀 올려줘. 이따 입고 나가게."

"문 밑으로 밀어넣어놔! 금방 해줄게!"

"이 좁은 틈새로 어떻게 밀어넣어, 등신!"

"그럼 문 앞에 놔둬. 얼마만큼 올릴지 핀은 꽂아놨니?"

"아니. 입고 있으니까 나와서 해."

그나마 내가 방 밖으로 나갈 마음을 먹은 건 바짓단을 올려줄 사람이 나밖에 없는데 설마하니 나를 만신창이로 만들어놓지는 않겠지 하는 생각에서였다. 나는 방문을 열었다. 내 시선은 오로지 바짓단으로만 향하고 있었다. 못 보던 부츠가 눈에 들어왔다. 쇠장식이 주렁주렁 매달린 웨스턴 부츠였다. 나는 바짓단을 접어 올리기 위해 무릎을 꿇고 앉았다. 할 수만 있다면 내 앞에 떡 버티고 있는 딸아이의 발목에 바늘을 쿡쿡 찔러넣고 싶었다. 아이가 온 몸의 피를 다 쏟아낸 다음 이 세상에서 사라져준다면 얼마나 좋을까 싶었다. 아니, 그 몸뚱이를 아귀아귀 뜯어먹고 남은 뼈다귀를 내동댕이치고 싶었다. 아니, 신고 있는 부츠를 뺏어 들어 있는 힘껏 두들겨 패주고 싶었다. 아이는 담배꽁초를 발로 비벼 끈 다음 부츠 끝으로 툭 차서 날려버렸다. 나는 묵묵히 바짓단을 감췄다. 이윽고 아이는 카악 소리를 내며 침을 뱉었다. 내 손에서 불과 몇 센티미터 떨어진 곳에.

아이가 말했다.

"말할 게 있어. 나 아빠하고 살러 갈 거야."

"잘됐다."

"아무 상관 없다고?"

"아니, 그런 거 아냐."

"아니긴. 아무 상관 없겠지."

아니었다. 그게 아니었다. 나는 기뻐서 죽을 지경이었다. 하지만 그런 얘길 했다가는 또 어디가 어떻게 부러질지 알 수 없는 노릇이었으므로 나는 입을 다물었다. 안발레리가 내 머릿속으로 걸어들어왔다. 얼마 전부터 전화 연락은 끊어진 상태였는데, 그건 내가 그렇게 해달라고 부탁했기 때문이었다. 남편이나 딸과 맞서는 일이 너무 힘겨울 땐 잠시 연락을 끊고 지내기로 약속이 되어 있었으니까. 그래도 그이는 내 머릿속으로 나를 찾아와서 내 생각에 열을 올리고 내 혀에 불을 지폈다. 여름날 한낮의 태양처럼. 뜬금없이, 나도 모르는 사이에, 내 입에서는 이런 말들이 흘러나오고 있었다.

"암, 네가 떠나든 말든 내가 무슨 상관이야. 사실 너무나 기뻐서 만세라도 부르고 싶은 심정인걸. 그건 그렇고 네 부츠 말이야, 그것 참 네 새어머니만큼이나 고상하고도 기품이 넘친다, 응? 그 집 개 떼더러 거기다 오줌이나 실컷 갈기라고 해. 그리고 부탁이니 떠나려면 빨리 떠나줄래?"

"바짓단부터 올려줘."

"살만 뒤룩뒤룩 쪘구나. 엉덩짝이 뒷산만 하다, 애. 자, 뚱땡이 아가씨, 빨리 꺼져주세요."

"바짓단이나 올려, 노망 든 여편네야."

나는 그 자리에서 벌떡 일어나―비록 양 팔에 깁스를 하고 있었지만―아이의 얼굴에 침을 뱉었다. 아이는 얼른 고개를 숙였다. 내 침이 제 볼을 눈물처럼 타고 흐르는 걸 보이지 않기 위해서. 딸아이는 부츠 앞코가 보이지 않을 정도로 긴 바지자락을 질질 끌며 떠나갔다. 그 모습을 보며 나는 생각했다. 저러다 몇 발짝 못 가 엎어질 거라고. 그렇게 해서 새로운 삶에 몸을 던지게 될 거라고. 굳이 내가 떠밀지 않아도.

인간 매듭

우물이 있고, 우물엔 나무가 있어요. 발로 우물을, 아니 우물을 발로 돌아야 해요. 나무로, 아니 우물로 들어가야 해요. 나무를 돌아야 해요. 끌어안아야 해요. 알겠죠? 매듭마다 사연이 있답니다. 배의 닻줄을 엮는 매듭. 우리네 인생을 엮는 매듭. 매듭은 역사적인 존재랍니다.

엄마는 매듭을 꿈꿔요. 아이를, 남편을, 여행을 꿈꾸듯. 엄마는 상자를 열어요. 선물을 기다렸는데 남은 건 실망뿐. 그래도 엄마는 희망을 잃지 않고 처음부터 다시 시작해요. 매달리고, 또 매달리고. 곧 해낼 거예요. 엄마는 에르베 선생님에게 종종 말해요. 선생님은 내가 잘해내고 있는지 살피러 오는 분이에요. 그러니까, 행주를 반듯하게 접는 일 같은 거요. 절망해선 안 돼요. 이제 곧 해낼 수 있을 테니까. 십 년째 엄마가 하는 걸 봐왔으니 나도 곧 행주를 네모반듯하게 접을 수 있을 거라고요. 나는 비질도 할 줄 알고 외투에 달린 단추도 잠글 줄 알아요. 과자도 반죽할 줄 알고 개털을 빗을 줄도 알지요. 옷도 혼자 입을 줄 아는데, 옷은 꼭 엄마가 골라준답니다. 내가 '꽃 스타일'로 차려입는 게 싫다나요. 나는 〈해피송〉이 나오는 카세트테이프도 돌릴 줄 알고 열쇠로 문을 잠글 줄도 알아요. 엄마는 종종 에르베 선생님에게 말해요. 내 두뇌는 어떻게 바꿔놓을 수 없다 해도 내 손은 혼자서 집을 지키고 살아가는 데 꼭 필요한 일에 익숙해지게 만들어놓고 말겠다고. 남편 없이도 제 침대 정리는 할 수 있어야 하지 않겠느냐고. 시트 대신 솜이불을 쓰면서부터 침대 정리가 한결 수월해졌답니다. 나 같은 '매듭 아이'들을 여럿 알고 있는 에르베 선생님이 일러준 덕분이지요. 예전에 시트를 쓸 때 얼마나 힘들었는지 몰라요. 시트를 팽팽하게 잡아당기라고 엄마가 꽥꽥 고함을 질러댈 때면 내 두뇌는 바짝 오그라든 채 내 머리통 한 귀퉁이에서 말라 죽을 날만 기다려야 했죠. 시트를 팽팽하게 잡아당기는 건 그렇다 치고 잡아당긴 시트 자락을 매트리스 안으로 집어넣는 건 또 왜 그리 힘들던지. 그때마다 엄마는 내 머리통을 걸고 맹세하더군요. 시트 자락을 제대로 집어넣을 때까지 지금 그 자리에서 한 발짝도 움직일 생각 말라고. 엄마의 고함

소리가 내 머리통을 쾅쾅 울려대는 통에 나는 잠들 수가 없었어요. 아니, 아예 잠자는 법을 잊어버리고 말았죠. 어떻게 누워야 할지 몰라 나는 침대 위에 우두커니 서 있었어요. 벽을 마주보고. 오케스트라 지휘자처럼. 한참 동안 벽지의 무늬들을 바라보고 있자니 꼭 그것들이 쥐 떼 합창단 같아 보이더라고요. 얼마나 시간이 흘렀을까. 쥐 떼는 까르르 웃으면서 달아나버리더군요.

내 머리는 말예요. 지금 여기 없어요. 휴가중이거든요. 나로서도 어쩔 수 없는 일이죠. 그런데도 엄마는 언젠가 때가 되면 내가 허공에 대고 파리 쫓는 짓을 그만둘 거라고 믿고 있어요. 엄마도 두 손 두 발 다 들 때가 많아요. 썩은 달걀로 케이크 반죽을 할 수는 없는 거 아니겠어요. 타이어도 빵, 빵, 빵꾸가 나면 못 쓰잖아요.

침대 위에 선 채 벽을 마주보고 나는 입을 벌렸어요. 벽지 무늬더러 나하고 혀 장난 좀 하자고 했죠. 나도 다 봤어요. 입술과 입술이 포개지는 장면 같은 거. 나도 이제 열정을 깨칠 나이가 됐죠. 혀끝이 짭짤한 것이 뱃속이 울렁울렁 심장이 두근두근거리더군요. 문제는, 감정이 복받칠 때면 오줌을 싸버린다는 거죠.

엄마는 내 입을 억지로 벌리고 개 먹이를 우겨넣었어요. 가만히 있어. 넌 짐승처럼 아무 데나 오줌을 싸대니까 먹는 것도 짐

승처럼 먹어야 해. 나는 엄마의 손목을 붙들었어요. 엄마는 아랑곳 않고 내 머리통을 개 밥통에 쿵쿵 처박더군요. 내가 꼼짝달싹 못하도록 내 목덜미를 꽉 움켜쥐고서 말예요. 이윽고 엄마는 나를 놓아주며 나지막이 으르렁거렸어요. 망나니 같으니. 내가 널 언제까지고 봐줄 거라 생각하지 마. 이젠 더 봐주는 거 없어. 자다 그랬으면 아무 말도 안 해. 도대체 어떻게? 깨어 있었으면서?

엄마는 바닥에 털썩 주저앉더니 엉엉 울기 시작했어요. 두 손으로 머리를 감싸 쥔 채. 손가락엔 내 머리카락 몇 올이 돌돌 말려 있었죠. 엄마는 한참을 바닥에서 일어나지 못했어요. 나를 짓이겨버리고 싶다는 욕망과 정말로 나를 죽이게 될지도 모른다는 두려움 사이에서 갈팡질팡하고 있었던 거예요. 사실 엄마는 나를 살려두고 싶어해요. 그래야 소일거리가 생기니까. 기분 좋은 날이면 나를 가장무도회용 가면이나 베일 달린 모자나 오토바이 헬멧이나 소방수용 안전모 따위로 요리조리 꾸며놓고 사진을 찍을 수 있으니까. 그런 날들이 따로 있으니까 그렇지 않은 날들을 견디는 거죠. 엄마는 참 끈질겨요. 사실 내가 할 수 있는 일도 있지만─맞아요, 자전거 타기 같은 거. 바퀴 달린 건데 나랑 친해지지 않는다면 말도 안 되죠─난 쓸모 있는 일이라면 하나도 자신 없는데 말예요. 엄마는 툭하면 파리 쫓는 시늉을 하는 내 손이 부끄러운가봐요. 내 멍청한 웃음도 헤벌쭉한 얼굴도 마찬가지겠죠. 내 손이 허공을 휘젓지 않으면 엄마가 좋아할 텐데. 엄마는 해거름 때면 나를 목욕시켜요. 그 시간만 되면 숨통이 막히는지 욕조에 물을 두 번씩이나 받아요. 시간을 죽이고 싶은 거겠죠. 첫번째로 물을 받아서는 나를 씻겨줘요. 내가 무슨 '재투성이'라도 되는 것처럼 온몸을 박박 문질러대죠. 두번째로 물을 받아서는 내 양손에 때수건을 끼워준 다음 나 혼자서 씻게 해요. 내가 잘해내면 얼마나 좋아라 하는지. 나는 덩달아 신이 나서 손뼉을 쳐요. 우리 엄마, 브라보! 그 바람에 눈에 비눗물이 들어간 엄마는 눈살을 찌푸리며 소리를 질러요. 그만하라고, 그러지 말라고. 나를 쳐다보면서 엄마는 열심히 셈을 해요. 뭘 세는 걸까요. 내가 살아온 이십 년, 그게 다 무슨 소용이냐고 생각하는 걸까요.

엄마가 날 때린 걸 후회하고 있어요. 고것 참 쌤통이지 뭐예요. 나는 입을 닦으면서 슬그머니 부엌을 빠져나왔어요. 개가 내 손가락을 핥아주더군요. 나는 녀석을 데리고 내 방으로 들어가 문을 닫았어요. 녀석이 내 엉덩이에 대고 코를 킁킁거리지 뭐예요. 나는 범죄 현장, 그러니까 침대에 걸터앉아 잠옷을 벗어서 의자 등받이에 걸쳐놨어요. 엄마가 그렇게 하는 걸 봤거든요. 좀 있으면 잠옷이 마르겠죠. 나는 분홍색 원피스를 입었어요. 엄마가 예뻐할 것 같아서. 아침마다 엄마는 나에 대한 애정이 솟아나길 바라고 있어요. 공기중이나 그늘 속에 숨어 있는 그애정이란 녀석과 숨바꼭질중이죠. 시커먼 구름 사이에서 빛을 찾듯. 가시덤불 속에서 탐스런 열매를 찾듯. 하지만 아침마다 엄마의 기대는 무너져내려요. 엄마는 나더러 손가락을 물어뜯지 말라며 손에 양말을 끼워줬어요. 하지만 나는 그 양말을 마구 물어뜯었죠. 엄마는 두 손은, 손가락 몇 개만은, 제발 성하게 해달라고 기도하고 또 기도하더군요. 밤새 내 두 손에서 손가락이 몽땅 사라져버리는 일이 일어나지 않게 해달라고. 그러면 저 불쌍한 것이 어떻게 살아나가겠느냐고? 나는 양말을 마구 물어뜯었어요. 양말은 끄트머리가 떨어져나갔어요. 손가락들이 굼실거리는 게 보였어요. 살갗이 벗겨져 피가 줄줄 흐르는 손가락들이. 나는 손가락도 물어뜯었어요. 굼실대는 게 보기 싫어서. 지금도 저 손 때문에 골치 아파 죽겠는데, 마구 뒤틀린데다 괴상망측하게 생겨가지고는 손가락도 온전치 않은 손을, 저 손을 이제는 통째로 먹으려 드네. 엄마가 말했어요. 내 두뇌로는 음표 하나도 외울 수 없는데 손만 피아니스트처럼 멋있으면 뭐 해요. 나는 여전히 손가락을 물어뜯어요. 손톱을 먹고 살을 먹고, 때론 그보다 더 깊은 부분, 내 몸의 조각조각들을 먹죠. 손이 곪아터지면 붕대로 감아

놓죠. 그래도 내 두 손은 여전히 허공을 휘저어요. 엄마를 쫓아
내려는 듯이.

나랑 한바탕 싸우고 나면 엄마의 입술은 물기로 번들거려요.
누가 침이라도 뱉어놓은 것처럼. 엄마는 한참이 지나서야 내 방
으로 왔어요. 하지만 나 같은 정신박약자는 시간 개념이 없기 때
문에 얼마나 걸렸는지는 잘 모르겠어요. 엄마가 들어오는 순간,
나는 두 손을 맞잡았어요. 그리고 손들한테 명령했죠. 꼼짝 말라
고. 녀석들이 미쳐 날뛰는 걸 보면, 서로 파리를 잡겠다고 난리
법석 떠는 걸 보면, 엄마가 화낼 게 뻔했으니까요. 이제 막 나에
대한 해결책을 찾아냈는데 말이죠. 엄마는 에르베 선생님이 그
러지 말라고 했는데도 정신박약자들을 한층 더 퇴행하게 만드는
방법을 골랐더군요.

"나가야 하니까, 이것 차."

엄마는 침대 위에 기저귀를 툭 던지더니 문을 쾅 소리 나게 닫
고 나갔어요. 길쭉하고 네모진데다 고무줄도 딸려 있지 않은 기
저귀. 팬티 밖으로 자꾸만 삐져나오는 거 있죠? 엄마가 닫았던
문을 다시 열었어요.

"그 원피스 벗고 노란 바지 입어. 그리고 입 좀 다물어. 머리
에 핀도 꽂고. 비실거리지 말고 코 파지 말고 어른들 뚫어지게
쳐다보지 말고 아이들 건드리지 마. 뛰어다니지도 말고 소리도

지르지 마. 숙녀답게 행동해. 경찰들 보고 손뼉 치지 말란 말이야, 알겠어? 그리고 팬티 속에 손 넣지 마. 넣기만 해봐…… 손은 주머니에 넣어, 알겠어? 알아서 해, 망나니 같으니."

"이건 내 원피스예요."

거리를 걸을 때면 엄마는 내 손을 잡아요. 그러면 나는 한쪽 손으로 파리를 쫓을 수밖에 없는데, 아무래도 둘이 동시에 그러는 것보단 사람들 눈에 덜 띄거든요. 언젠가는 내 손이 엄마 손 없이도 파리를 쫓지 않게 되길 엄마는 바라고 있어요. 그래서 미리부터 나한테 연습을 시키곤 하죠. 손을 힘껏 잡았다가 갑자기 놔버리는 식으로. 그러면 나는 팔을 그냥 늘어뜨린 채 걸어가야 해요. 내가 뭔가 의지할 것을 찾아 엄마의 소맷자락을 붙들면—맨살을 건드리면 질색을 하니까요—엄마는 가방을 고쳐메는 척하며 내 손을 떨쳐낸답니다. 네가 알아서 해. 이제 엄마가 날 앞지르게 해야겠어요. 내가 앞장서면 남들이 뭐라 한다며 혼낼 테니까요.

"그 원피스 입고 나오지 말랬잖아. 다들 너만 쳐다본다. 그건 가장무도회 때나 입는 옷이란 말이야, 알겠어? 이제 그런 옷을 입고 돌아다니면 안 돼. 너도 이제 다 큰 처녀잖아. 숙녀답게 행동해야지. 잊지 마. 네 손만 해도 사람들 눈길을 끌고도 남는다는 걸. 이제 알아서 할 때도 됐잖아."

"네, 모르간 요정님."

나 덕분에 엄마는 남자들의 시선을 한 몸에 받았어요. 그런데
도 나한테 고맙다는 말 한마디 안 하는 거 있죠? 엄마는 엉덩이
를 씰룩이며 이 오줌싸개를 끌고 계속 앞으로 나아갔어요. 엄마
의 아름다운 그림자를 밟지 않으려고 얼마나 조심했는지 몰라
요. 사실 모둠발로 밟아버리고 싶은 마음이 안 드는 건 아니었지
만. 내 손들이 다시 허공을 휘젓기 시작했어요. 내가 가만히 있
으려 할수록 녀석들은 더욱더 미친 듯이 춤을 춰대는 거 있죠.
그러자 엄마가 다시 손을 내밀었어요. 나는 깡충 뛰어 그 손을
잡았어요. 우리는 길 건너 빵집을 지났어요. 엄마가 빵집 진열창
좀 그만 쳐다보라고 하더군요. 엄마는 일부러 마리네트네 가판
대를 피해 길을 둘러갔어요. 내가 마리네트한테 인사하는 게 마
음에 안 들었나 봐요. 말을 더듬으니까 언짢았겠죠. 나도 이젠
제대로 인사할 때가 됐는데. 배가 고프면 나는 엄마의 팔을 팔꿈
치에서 손목까지 핥아대는 버릇이 있답니다. 그러면 엄마는 놀
라서 비명을 지르고는 가방에서 간식을 꺼내줘요. 이번에는 초
콜릿을 끼워넣은 빵을 주더군요. 나는 기분이 좋았어요. 보통 땐
버터를 듬뿍 바른 빵을 주거든요. 그러면서 나더러 운이 좋대요.

칼슘이 모자랄까봐, 손가락에 살이 빨리 돋아나지 않을까봐 걱정해주는 엄마가 있어서. 간식을 먹고 나면 나는 손을 엉덩이 밑에 깔고 공원의 벤치에 앉아 엄마를 기다려야 해요. 오래 걸리진 않아요. 엄마는 파트릭 라미라는 아저씨를 만나요. 나를 데리고 갈 수가 없죠.

나는 벤치에 앉아 칼슘이 부족한 아이들이 모래밭에서 노는 광경을 지켜봤어요. 기저귀의 접착 부분이 자꾸 살갗을 스치는 바람에 다리를 약간 벌려야 했죠. 엄마도 파트릭 라미 아저씨 앞에서 다리를 벌렸을 거예요. 이제 곧 저기서 놀고 있는 아이들과 비슷한 아이들이 엄마의 다리 사이에서 태어나겠죠. 비둘기들한테 빵을 던져주고 나는 초콜릿을 먹었어요. 우리집 개가 생각났어요. 엄마는 왜 아저씨를 우리집에 데려와서 함께 살지 않는 걸까요? 나는 우리 개가 좋아요. 내가 손을 휘젓고 있으면 녀석은 제 발을 내밀거나 바닥에 납작 엎드려요. 내 손이 맛있는 음식이라도 만들어주는 것처럼. 날이 어두워졌어요. 아이들이 하나둘 집으로 돌아가기 시작했어요. 나는 한 아이가 떨어뜨리고 간 장난감을 주워서 엉덩이 밑에 넣고 계속 엄마를 기다렸어요. 엄마가 입술을 깨문 채 몸을 휘청거리며 돌아오기를. 그럴 때면 엄마의 목소리는 사랑에 겨워 꼭 잠겨 있답니다. 머잖아 엄마는 해양

안전요원인 파트릭 라미 아저씨를 따라 마르세유로 갈 거예요. 그 전에 에르베 선생님이랑 내 문제를 의논하겠죠. 엄마는 마르세유에서 내가 외로워할까봐 겁난대요. 그래도 휴가철엔 엄마를 보러 갈 수 있겠죠. 정신박약자들이 기차나 차에서 내리는 걸 도와주는, 그것도 아주 조용히 도와주는 자원봉사자들이 있잖아요.

어두워지고 나서도 공원에는 몇몇 엄마들과 아이들이 남아 있어요. 엄마들은 이야기를 주고받으며 늦게까지 놀고 있는 아이들을 지켜보지요. 고무줄놀이를 할 때면 줄을 대신 잡아주기도 하고 미끄럼타기 놀이를 할 때면 점수를 매겨주면서. 공원에서 놀고 있는 아이들 중에 나만큼 나이가 많은 아이는 아무도 없었어요. 나는 아이를 돌보는 사람인 척하기로 했어요. 무턱대고 한 아이를 골라서는 나랑 눈이 마주치기 무섭게 실실 웃어 보이는 거죠. 그러면 그냥 가만히 있는 아이도 있고 '메롱' 하고 혀를 날름거리는 아이도 있어요. 왼손은 엉덩이에 깔린 채 쥐가 나고 오른손은 입속에 들어간 채로 나는 계속 아이들을 지켜봤어요. 사방이 캄캄해지면 아이들은 엄마한테 찰싹 달라붙어요. 밤이 오는 게 서글픈 걸까요. 엄마들은 아이들의 외투를 단단히 여며주고 흙장난으로 더러워진 손을 닦아줘요. 엄마들과 아이들이 떠나면 공원은 연인들의 천국이 된답니다. 고등학생들이 학교를 마치고 공원으로 모여드는 거죠. 입 맞추는 소리, 잔디밭을 뒹굴며 깍깍거리는 소리. 나는 벤치 위에 두 발을 척하니 올려놨어요. 모자란 것처럼 보이는 것보다 뻔뻔해 보이는 게 나으니까요. 계집애들이 애인과 키스를 나누면서 내 앞으로 지나갔어요. 나는 계속 엄마를 기다리며 벤치에 엉덩이를 비비고 이를 갈아댔어요. 부싯돌을 맞부딪히듯. 불꽃이 일렁이고 감동으로 소름이 끼치는가 싶더니 엄마가 저만치서 달려오는 게 보였어요. 하이힐 때문에 쩔쩔매면서, 머리칼을 흩날리면서, 파트릭 라미 아저씨한테 키스를 받아 온 얼굴이 축축해진 채로 달려오는 엄마. 내가 다가가니까 엄마가 두 팔을 벌려 나를 안아줬어요. 딱 일 초만. 그러고는 덥다고, 너무 들러붙지 말라고 하지 뭐예요. 이윽고 엄마는 내게 말했어요. 자, 가자, 어서 집에 가자. 목욕하고 나서 엄마랑 매듭 만들기 하는 거야. 어떻게 만드는지 알고 있지? 온갖 매듭을, 세상에서 제일 멋진 매듭을 만들어보자꾸나. 엄마는 뛰다시피 나를 끌고 갔어요. 조금이라도 빨리 우리집으로 가고 싶어서. 그러면서 계속 나한테 말했어요. 파스타 먹고 짐 싸고 매듭 만들자고. 목욕을 하고 나니까 엄마가 이렇게 말했어요. 같이 있을 시간이 열흘밖에 안 남았다고. 열흘은 순식간에 지나가버리니까 그동안 엄마랑 잘 지내야 한다고. 그런데 도대체 열흘이 어느 정도의 시간인지 알 수가 있어야죠? 내 수호성인의 날과 내 생일 사이가 열흘이라는데, 내 이름도 모르는 내가 내 수호성인의 날이 언제인지 어떻게 알겠어요? 심리치료수업이 일주일에 한 번 있으니까 그 수업에 갔다가 다음 수업이 돌아올 때까지 기다리는 것보다는 조금 길 테고, 발음교정수업이 보름에 한 번 있으니까 그 수업에 갔다가 다음 수업이 돌아올 때까지 기다리는 것보다는 조금 짧겠네요. 지난번 열흘 전 날은 파트릭 라미 아저씨가 엄마한테 자기 집에 와서 같이 살자고, 하지만 나를 데리고 오지는 말라고 한 날이에요. 그때 난 엄마 방 문 앞에 서 있었어요. 아저씨가 하는 말을 다 들었죠. 난 귀머거리가 아니거든요. 엄마는 조금도 망설이지 않고 대답하더군요.

경찰들이 마지막 순간에 엄마가 마음을 바꿔먹은 것 아닐까 하고 수군대고 있어요. 엄마는 계단참 위에서 목을 맸는데, 엄마의 손이 난간을 악착같이 움켜쥐고 있는 게 경찰들을 놀라게 한 거예요. 딸내미가 시체를 발견했어. 엄마를 살려보겠다고 이미 죽은 사람을 마구 흔들어댔다지. 경찰들 중 누군가가 나를 가리키며 말해요. 나는 그렇다고 고개를 끄덕여요. 다들 나를 향해 싱긋 웃어 보이네요. 그런데 그건 사실이 아니에요. 나는 엄마의 몸을 이쪽으로 돌렸다 저쪽으로 돌렸다 공중에서 춤을 추게 해요. 그것도 어마어마한 속도로. 나는 두 손으로 엄마의 두 발목을 붙잡고—손이 신기하게도 말을 잘 듣네요—힘껏 한 방향으로 돌렸다가 다시 힘껏 반대방향으로 돌려요. 엄마가 빙글빙글 돌도록. 그래요. 내가 엄마를 죽여요. 그러고는 엄마의 시체 아래서 손뼉을 치죠. 엄마의 목을 쥔 매듭은 그러는 동안 단 일 밀리미터도 헐거워지지 않아요. 내가 매듭 하나는 잘 만들거든요. 엄마는 몸이 굳어지기 직전, 뭐라고 말을 해요. 잘 알아들을 수는 없지만. 풀어줘, 라고 하는지 제발, 이라고 하는지.

에르베 선생님이 쉼터에 나를 데려다주면서 이렇게 말해요. 여기 있으면 다들 널 잘 돌봐줄 거다. 네 엄마는 사는 게 지겨웠던 거야. 엄마가 죽은 건 네 탓이 아니란다.

쉼터는 손들의 천국이에요. 수요일마다 우리는 그림자놀이를 한답니다. 어떻게 손을 움직여야 벽면에 예쁜 무늬가 생기는지 배우는 거죠. 로즈와 에밀리와 나는 손톱에 열심히 매니큐어를 칠하는 중이에요. 언젠가는 벽면을 알록달록하게 꾸미는 법을 찾아내고 말 거예요.

에르베 선생님을 따라 나들이를 갔다 돌아올 때나, 날씨나 풍경이 어떤지 창밖을 내다볼 때면 나 말고 다른 '인간 매듭'들이 수십 개나 되는 손들을 일제히 흔들어 보인답니다. 그 손바닥들은 꼭 바닷물에 비친 별들처럼, 언젠가 파트릭 라미 아저씨가 엄

마에게—이제 아무 데도 갈 수 없게 돼버린 엄마에게— 이야기
해주었던 바로 그 별들처럼 생겼어요. 우물 속을 들여다봐도 그
런 별들이 보인대요. 거기 마르세유에선. 마르세유에도 우물이
있어요. 우물엔 나무가 있고요. 뱀이 우물에서 나와 나무를 한
바퀴 돌고는 다시 우물 속으로 들어간답니다.

어머닌 절대 죽지 않아요

아뇨, 선생님, 어머닌 아주 아주 건강해요. 왜, 여름만 되면 축 늘어져버리는 사람들 있잖아요. 어머니는 그런 사람들 중 하나라고요. 누군들 덥지 않고 누군들 피곤하지 않겠어요. 억지로라도 힘을 내야죠. 시원하게 샤워를 하고 저녁때 선선한 바람도 쐬고, 그렇게 해서 더위를 이겨내야죠. 물론 나는 어머니만큼 나이를 먹진 않았어요. 그건 나도 잘 알고 있다고요. 힘들어 죽겠어요, 딸아이 땜에. 할머니를 좋아하는 건 이해가 가지만 그렇다고 나한테 사사건건 잔소릴 해대면 되나요. 내가 할머니한테 못된 소리만 골라 한다나요. 사람을 아주 들들 볶아댄대요. 그런 말은 도대체 어디서 배웠는지 원. 딸아이가 뭐라 하든 말든, 나라도 그렇게 하지 않으면 어머닌 정신을 놓고 말 거예요. 하나에서 열까지 쫓아다니며 챙겨줘야 할 거라고요. 그건 어머니를 돕는 게 아녜요. 어머니가 해야 할 일을 내가 다 해버리면 어머닌 매사에 의욕을 잃고 말 테니까. 그래요, 내가 어머니를 힘들게 하는 건 사실이에요. 하지만 괴롭히려고 그러는 건 아녜요. 힘내시라고 그러는 거지. 요전에는 가스밸브만 척 하니 틀어놓고 점화구에 불을 붙이지도 않은 채 세월아 네월아 물이 끓기만 기다리고 있더라고요. 내가 뭐라 하니까 성냥이 없어서 그랬대요. 널린 게 성냥인데. 크리스마스에 성냥 자판기까지 선물해드렸다고요, 저기 저 벽에 붙어 있는 거 보이시죠? 뭐 하는 기계인지, 어떻게 쓰는 건지 얼마나 열심히 설명해드렸는지 몰라요. 아무 소용없더군요. 전자레인지도 마찬가지였어요. 완전히 무용지물이 돼버렸죠. 왜 그런지 아세요? 나를 애먹이려고 그러시는 거예요. 꼼짝 말고 당신 곁에 있어달라는 거죠. 지어낸 얘기가 아녜요. 간병인을 붙여드릴 때마다 잔뜩 삐치시는 걸 보면. 사람을 얼마나 무안하게 만드는지 몰라요. 계속 창밖만 내다보면서. 날이면 날마다 그것도 하루 온종일을 어머니하고만 보내요? 나도 내 생활이 있는데.

요전에 집에 찾아와보니까 수표책을 앞에 놓고 쩔쩔 매시는 거예요. 날짜를 적어넣는 칸에 서명을 하고 금액을 써넣어야 하는 칸에 날짜를 적었더라고요. 내가 그 수표를 찢어버리자 대신 좀 써달라고 하시더군요. 안 된다고 했죠. 어머니가 해야 하는 일이니 혼자서 끝까지 해내야 한다고. 그러자 일부러 손을 덜덜 떨면서 뭔지 알아볼 수도 없는 글씨를 괴발개발 그려넣지 뭐예요. 그래서 다시 쓰게 했어요. 한 번. 두 번. 어머니는 기어이 울음을 터뜨리더군요. 그러자 함께 왔던 딸아이가 나를 무섭게 흘겨보는 거예요. 참 내, 자기가 무슨 상관이라고. 자기 엄마도 아닌데. 나도 이러고 싶어서 이러는 거 아녜요. 딸아이랑 걔 할머니랑 둘이 난리법석을 떨게 내버려두고 멀리 떠나 이 꼴 저 꼴 안 보면 나도 속 편하고 좋죠(딸아이가 상냥하게도 그렇게 말하더군요). 나는 뭐가 어머니에게 좋은지 가장 잘 아는 사람이에요. 하기 싫다고 아무것도 안 하려 들면 나중엔 정말 아무것도 할 수 없게 돼버린다고요. 자면 잘수록 잠이 더 쏟아지는 거랑 마찬가지죠. 그건 그렇고 어머니 좀 깨워주세요, 선생님! 낮잠은 두 시간 이상 주무시면 안 되는데. 그 정도면 충분하잖아요? 보통 한시 반에 전화로 주무시라고 말씀드린 다음 세시 반에 와서 깨워드리는데, 오늘은 여섯시가 지나서도 일어날 생각을 안 하시지 뭐예요. 아 참, 어머니가 간식 먹는 모습을 보셨어야 하는데! 내 딴에는 어머니가 좋아하는 거라고 고르고 골라서 버터쿠키를 사드리면 그걸 가지고 또 한바탕 난리법석을 벌이니 원. 사방팔방 과자부스러기를 흘리고 다니는데다 입가에 묻은 것들조차 떼어낼 생각을 안 한답니다. 고맙다는 인사 같은 건 아예 들을 생각도 말아야죠. 차를 갖다드리면 두 번에 한 번 꼴로 엎지르는데, 아, 그래놓고는 그냥 가만히 있어요. 자기가 무슨 일을 저질렀는지 모르겠다는 듯이. 뜨거운 차를 뒤집어쓰고는 그냥 침대 위에 뭉개고 앉아 있는 거죠. 침대보고 이불이고 벌건 물구덩이가 된 가운데. 그때마다 나는 어머니의 팔을 힘껏 낚아채서 몸을 일으켜드릴 수밖에 없어요. 언젠가 한번은 나 때문에 팔이 아파 죽겠다고 하더군요. 나는 그 팔을 놓을 수가 없었어요. 분해서 몸이 굳어버렸거든요. 내가 뭐 피도 눈물도 없는 그런 인간은 아니지만, 그런 식으로 사람을 엿 먹이는 건 정말 참을 수가 없더라고요. 오늘은 정말 억세게도 잠에서 안 깨어나시네요! 우리 어머니 정말 잘 주무시지 않아요? 딸 땜에 마음 상한 사람치곤!

가끔은 어머니도 피곤할 때가 있겠죠. 하지만 날이면 날마다 그렇진 않을 거라고요. 나한테 거짓말하면 안 된다고 가르친 어머니가 이렇게 날 엿 먹이다니. 어머닌 아무리 쉬운 일도 혼자 하려 들지 않아요. 텔레비전 프로그램조차도 기억하지 못한다니까요. 새로 시작된 프로그램이 있어서 그 제목을 말해보라고 했더니 입이 얼어버렸는지 아무 대답도 하지 않더군요. 다른 사람은 몰라도 내 어머닌 그런 사람이 아녜요. 치매에 걸린 노인네가 아니라고요. 이렇게 왕진 와주신 것 감사드려요, 선생님. 어머니야 뭐라 하든 말든 나는 그렇게 못된 딸이 아니에요. 어머니가 바람 맞은 나뭇가지처럼 고꾸라지려 하니까 버팀목이 되어 받쳐주고픈 마음뿐이라고요. 요전에 얘기 들으셨죠? 어머니가 툭하면 집을 나가려 한다는 거? 그뿐만이 아녜요. 전화로도 은근히 사람을 애먹인다니까요. 손자들이 전화를 걸면 가끔 누구 목소리인지 못 알아듣는 척하는 거 있죠? 십 분 동안 통화를 하면서 응, 아니만 되풀이하는데 뭔 일인지 모르겠어요. 우울증에 걸린 것도 아니고, 그냥 그렇게 사람을 골탕 먹이는 게 재밌나봐요. 하지만 그런 장난에 말려들 내가 아니죠. 내 말이 맞지 않나요, 선생님? 내가 여가시간을 좀 가져보려고 간병인을 들인 다음부터 계속 그런 식으로 사람을 애먹이더라고요. 그 말 말고는 어머니의 태도를 적절하게 표현할 길이 없네요. 내가 말을 걸면 눈을 감고, 뭐 그런 식이죠. 그럴 때면 정말이지 기분이 얼마나 좋은지. 커피 한 잔 드릴까요, 선생님? 딸아이는 나를 위로해주기는커녕 나무라기만 한답니다. 마치 자기가 엄마라도 된 듯이 말예요. 그래요, 어머니라면 가끔 날 나무라도 되죠. 정말이지 어머니가 좀 그래줬으면 좋겠어요. 하지만 웬걸요, 어머닌 누가 무슨 말을 하든 무슨 일을 벌이든 잠자코 계세요. 소파에 휘우듬하게 등을 기댄 채. 똑바로 앉아요! 내가 어머니에게 말하면 딸아이는 나한테 바락바락 악을 써대요. 할머닌 똑바로 앉을 수 없어! 왜 할머니를 괴롭히고 그래?

요전에 좀 기분 좋은 일이 있었어요. 어머니가 딸아이를 나무랐거든요. 엄마한테 그런 식으로 말하면 못쓴다고. 그 말을 듣자마자 내 마음은 봄눈 녹듯 스르르 풀려버렸지요. 미치겠어요, 선생님. 어떻게 좀 해보세요, 비타민을 먹여보시든지 어쩌시든지 어머니가 기운을 차릴 수 있게 해주세요. 충격요법을 쓰셔도 돼요. 불쌍하다고 그냥 내버려두면 무슨 일이 벌어질지 모른다고요.

네, 선생님. 검사결과는 다 가지고 있어요. 읽어보지 않은 것도 몇 장 있지만 모든 게 정상이에요. 콜레스테롤 수치도 그렇고. 혈소판 수치는 어떻게 나왔는지 모르겠네요. 어쨌든 어머닌 건강해요. 최근 들어 좀 피곤해하긴 하셨지만. 한 일 년쯤 됐나봐요. 무슨 문제라도? 이번 여름에 어머니랑 바닷가로 놀러갈 수 있을까요? 하긴, 차에 태우는 것만 해도 보통 일이 아니겠죠. 통 움직이려 들지를 않으니.

정말이지 요샌 다들 히스테리 발작이라도 일으키는 것 같아요. 내가 뭘 하려 들면 나무라기만 한다니까요. 선생님마저 그럴 생각은 아니시겠죠? 선생님한테 이런 어머니가 있다면 제 사정을 좀 이해하시려나.

왜 내 말과 반대로 하시는 거예요, 선생님? 어머니를 일으켜
달라고 말씀드렸는데, 왜 눈을 감기시는 거죠?

십 년 동안 수술만 열 번

나는 걷는다. 내가 천천히 걸어가는 동안 엄마는 그 자리에 머물러 있다. 나를 기다리다 죽을 거라고 했다. 정말로 그렇게 말했다. 침착하게. 자신 있게. 엄마는 약속을 한 번도 어기는 적이 없다. 엄마의 속내가 바로 나를 향한 약속이니까. 내가 자동차를 탔다면, 그래서 지금쯤 도착했다면, 엄마는 이미 떠난 지 오래일 거다. 나는 다 알고 있다. 나는 하루에도 몇 번씩 엄마에게 전화를 한다. 그때마다 엄마는 전화를 받는다. 아무리 피곤해도 전화를 받지 않는 적은 없다. 자기 이야기도 하지 않는다. 내가 어디 있는지 물어볼 뿐. 서두르라는 엄마의 말에 나는 아직도 한참 동안 땡볕을 밟아야 한다고 대답한다.

가끔은 밤잠을 깬 엄마가 전화를 걸어올 때도 있다. 어느 날 밤, 전화벨이 울리기에 받아보니 엄마였다. 엄마는 전화선에 대고 이렇게 말했다. 곧 죽을 것 같다고. 언제? 잘은 몰라도 곧. 약속하마. 내가 가겠다고 하니까 엄마는 그러라고, 그러라고, 그러라고 연거푸 말했다. 메아리가 울려퍼지는 듯했다. 하지만 걸어서 갈래요. 나는 얼른 덧붙였다. 걸어서 가고 싶어요. 메아리가 메아리를 받았고, 우리는 둘 다 입을 다물었다. 나는 사람이 드나들지 않는 황량한 모래언덕 남쪽에 살고 있다. 나는 사막에 사는데 엄마는 파리에 살고 있다. 그것도 삼 대째. 곧. 엄마는 나를 보고 싶으면서도 보고 싶다고 말하지 않는다. 나더러 억지로 오라고 조르지도 않는다. 내가 하고 싶은 대로 하라고만 한다. 네가 하고 싶은 대로 하렴. 너 좋을 대로. 네 생각대로. 엄마의 목소리에선 회한과 회의와 의심이 묻어나고 있었다. 나는 다시 전화를 걸어 엄마에게 곧 나를 볼 수 있을 거라고 말했다. 어쨌든 난 널 계속 기다리고 있을 거다. 엄마가 대답했다.

나는 엄마를 향해 걸어간다. 내 발걸음과 사원들과 돌멩이들의 수를 헤아리며. 팔백 킬로미터를 가야 한다. 마을들을 일일이 둘러보려면 얼마나 더 가야할지. 나는 블로나 기그 같은 마을까지 가본 적이 없다. 크라봉은 또 어떻고?*

내가 왜 이 여정을 결국은 끝내야 하는지 모르겠다. 엄마는 왜 기다려줄 수 없는 걸까? 몇 주고 생생한 모습으로, 몇 달이고 생생한 모습으로, 몇 년이고 생생한 모습으로 행동하고 공격하고 이어나가다 끝낼 수 없는 걸까? 내 머릿속에 종종 떠오르는 엄마의 모습이 있다. 그때 나는 아직 어린아이였다. 병원에 가보니 막 수술을 받은 엄마가 입술을 빨갛게 칠하고 초록이 감도는 기모노를 차려입은 채 미소를 띤 모습으로 베개에 살짝 기대앉아 있었다. 엄마는 걸을 때도 발끝으로 조심조심 걸었고, 수술 받은 이야기는 조금도 내비치지 않았다. 나는 엄마에게 학교에서 있었던 일에 대해 이야기해주었다. 학교 생활은 엉망진창이었지만, 나 역시 엄마에게 그런 건 얘기하지 않았다. 그저 다 잘하고 있다고, 시험도 잘 보고, 친구하고도 사이좋고, 체육시간에도 잘 뛰고, 쉬는 시간에도 잘 논다고만 말했을 뿐. 우린 그렇게 잘 지낸다는 말만 되풀이했다. 이제 됐다고, 그만하라고 말하듯. 엄마는 참 오래도록 병원 생활을 했다. 아빠는 내게 걱정하지 말라고 한 후 십 년 동안 열 번이나 수술을 받다니 해도 너무했지, 라고 말했다. 그래놓고는 못할 말을 했다 싶은지 별일 아니라고 둘러댔다. 그래요? 다행이네요. 그때 내 나이가 열 살이었으므로 십 년 동안이라는 말은 내가 태어난 후 십 년 동안이라는 얘기였다.

---

* 블로나 기그나 크라봉은 프랑스 최남단 프로방스 지방에 있는 마을들이다.

정말이지 해도 너무했다. 아침마다 아빠는 나를 깨워서 학교에 데려다주었다. 그리고 저녁때가 되면 나를 '페라리'라는 이탈리안 레스토랑으로 데리고 가서 밥을 사먹였다. 그 레스토랑은 지하에 있었는데, 같은 건물 일층에는 식료품 가게가 있어서 그 앞을 지날 때면 진열창 앞에 놓인 야채통조림들이 우리를 우두커니 지켜보았다. 아빠의 이야기에 충격을 받은 나는 머리를 열심히 굴렸다. 십 년 동안 열 번이면, 팔 년 동안은 여덟 번이었다는 얘기겠지? 아마 그렇겠지. 한 해 동안 수술을 열 번 받았다는 얘기일 수도 있지 않을까? 아냐. 그렇다면 십 년이라는 얘기를 할 필요가 없어. 그냥 일 년이라고 하면 그만이지. 일 년 동안 수술을 열 번 받았다고. 그리고 아빠도 그 얘길 한 번으로 끝냈을 거야. 하지만 아냐. 아빤 계속 그 이야길 하고 있어. 그칠 생각을 하지 않아. 그 이야기 속에 빠져들고 있어. 엄마를, 우리 모두를 그 이야기에 빠져들게 하고 있어. 애인한테도 무용 선생님한테도 발음교정 선생님한테도 다 말하고 있어. 엄마가 십 년 동안 열 번이나 수술을 받았다고. 의사들이 계속해서 애 엄마의 배를 갈라대는데 어떻게 집안이 풍비박산나지 않겠느냐고.

엄마가 친구들에게 말한다. 십 년 동안 수술을 열 번이나 받았다고. 아 그래? 딸내미가 지금 몇 살이지? 열 살. 수술로 점철된 인생이네. 이십 년이면 스무 번? 맙소사. 그런데 나는, 지금껏 아무 탈 없이 잘 지내고 있다. 잔병치레 한 번 하지 않은 채. 목에다 냉찜질을 하면 열이 삼십팔 도까지 오른다기에 그렇게 해봤지만 아무 일 없었다. 언제쯤 끝날까? 이 말도 안 되는 상황은? 내가 깔깔 웃으면서 정말이지 난 죽을 때도 선 채로 일 초만에 죽을 거라고 말하면 엄마는 이렇게 대답한다. 너한테는 아무 일도 없을 거라고. 아무도 모른다. 엄마가 십 년 동안 열 번이나 수술을 받는 동안 내 안에서는 사람 속을 파먹는 병이, '외톨이 병'이 자라고 있었다는 걸. 나도 이 병이 무엇으로 이루어져 있는지는 잘 모르겠다. 하지만 내 안에서 이 병이 자란 것만은 분명하다. 이 병마저 떼어내 엄마한테 심으면 가관일 텐데.

이제 엄마는 죽는다. 내가 딴 데 살러 가면 엄마는 이사를 한다. 내가 움직일 때마다 무슨 일이 생겨도 꼭 생긴다. 내가 바라지도 않았던 일이. 내가 엄마 뱃속에 있을 때 엄마는 어지럼증을 느꼈다. 머리를 거꾸로 처박고 있었던 건 나였는데. 나는 엄마를 향해 걷고 있다. 도로에서 사고가 날 수도 있고 내게 무슨 일이 닥칠 수도 있다. 아니면 내 머릿속에 뭔가가 떠오를지도 모른다. 얼마나 오랫동안 머리를 쥐어짰는지 모른다. 엄마를 구하고 내가 죽을 방법이 없을까 하는 생각에. 나는 엄마를 향해 걸어간다. 도착해보면 엄마의 발에 물집이 잡혀 있을 것이다. 늘 그런 식이다. 내가 배앓이를 하면 엄마가 결장 제거 수술을 받는다. 내 머리가 아프면 의사들은 엄마의 뇌에서 종양을 찾아낸다. 내가 아파 눕는다면 그건 엄마가 곧 죽을 거라는 징조다. 내가 걱정을 하면 엄마가 전화를 한다. 내가 목이 마르면 엄마가 땀을 흘린다. 그렇게 많은 걸 주고도 돌려받으려 하지 않다니. 내가 하나를 가져가면 엄마는 열을 준다. 내가 걸어가면 엄마는 달려온다. 내가 떠나면 엄마는 돌아온다. 자, 한번 해보지 뭐. 잘될 거야.

옮긴이 **김민정**

서울대 불문과를 졸업했다. 동 대학원 수학중 도불, 파리 제4대학에서 불문학 석사학위를
취득했다. 옮긴 책으로『송고르 왕의 죽음』『오스카와 장미할머니』『살인자의 건강법』『공
격』『아주 긴 일요일의 약혼』『스코르타의 태양』『내일은 키프키프』『제비 일기』『살았더라
면』 등이 있다.

문학동네 세계문학
로즈 베이비

초판인쇄 │ 2007년 10월 24일
초판발행 │ 2007년 10월 31일

지 은 이 │ 클레르 카스티용
옮 긴 이 │ 김민정
펴 낸 이 │ 강병선
책임편집 │ 장선정 김지연
펴 낸 곳 │ (주)문학동네
출판등록 │ 1993년 10월 22일 제406-2003-000045호

주   소 │ 413-756 경기도 파주시 교하읍 문발리 파주출판도시 513-8
전자우편 │ editor@munhak.com
전화번호 │ 031) 955-8888
팩   스 │ 031) 955-8855

ISBN 978-89-546-0401-7 03860

www.munhak.com